SCOTT PÅ HOTEL BOHEMIA

En deckare av Mats Gustafsson

Förlag: BoD – Books on Demand, Stockholm, Sverige
Tryck: BoD – Books on Demand, Norderstedt, Tyskland
ISBN: 978-91-7699-531-0

Innehållsförteckning

Kapitel

Förord

Tack till er som gjort den här boken möjlig. Susanne Gustafsson och Ellinor Gustafsson som bidragit med goda råd och coaching samt Sandra och Magnus Junhammar som hjälpt till med upplägg och framtagning till tryck på förlag, vilket har bidragit till att boken verkligen blev av.

Deckaren du håller i din hand är skriven av Mats Gustafsson. Namn och karaktärer som finns med i boken är produkter av min fantasi och används i ett påhittat sammanhang. Varje eventuell likhet med verkliga personer, levande eller döda, är en ren tillfällighet.

Boken "SCOTT PÅ HOTEL BOHEMIA" kan läsas som en fortsättning på "SCOTT 20SEXTON", men vill man läsa den som fristående möter det inga hinder. Utöver ovanstående böcker har författaren tidigare skrivit boken "GLAPP I RATTHÅLLAREN" som beskriver tiden från hans barndom fram till dess hans företag Mats Trafikskola AB avvecklades. Humor är temat på episoderna och detta förstärks av egenhändigt gjorda illustrationer i form av karikatyrer som vävts in i texten.

Jag hoppas du finner god behållning av boken!

1

Kapitel 1

Scott väcktes av tidningsbudet som utan hänsyn till att klockan bara passerat halvfyra på morgonen väsnades rejält i trappuppgången. Det verkade som att bara för att inte han fick sova de tidiga morgontimmarna så skulle minsann inte någon annan få göra det heller, tänkte Scott irriterat. För en billig penning hade han och hans nyblivna fru tackat ja till en prenumeration av Dagens Nyheter i tre månader, vilket han ångrade nu när han fått sin nattsömn störd. Louise hade dock inte väckts av slamret i brevinkastet och de klumpiga stegen som dundrat nerför trappan för hon hade numera hörselpluggar i öronen när hon skulle sova. Detta hade hon för att hon omöjligtvis kunde sova när någon snarkade i hennes närhet hela nätterna hade hon berättat. Scott hade förvånat tittat tillbaka på henne och sagt att han inte hade en aning om att han under hela sitt liv hade snarkat så det här kom som en total överraskning. Det är inte du som snarkar, hade då Louise berättat, det är han där, och pekat ner på Henrik, som sågar tjocka timmerstockar hela nätterna! Henrik, som var deras nyförvärvade blodhund, hade oskyldigt tittat upp på husse och matte när han hört sitt namn innan han återgått till sin favoritsysselsättning, att bita på sin låtsasgris som pep när han bet i den. De hade försökt avhjälpa problemet genom att flytta ut hans hundkorg till köket vilket till en början såg ut att vara en bra lösning. Henrik hade dock snart kommit på att hundkorgen ganska lätt gick att flytta och första kvällen helt enkelt kommit insläpande med den till deras sovrum och parkerat den

2

nedanför fotänden på deras säng. Scott hade lovat att kontrollera med veterinären vid nästa besök hos dem om de hade någon enkel lösning på problemet. Hur som helst så var han nu klarvaken och beslöt sig för att gå upp och läsa tidningen i köket och sätta på en kopp kaffe. Det var sista arbetadagen efter en minst sagt turbulent vecka så han såg verkligen fram emot helgen då de tänkte ta en tur med segelbåten ut i Stockholms skärgård. Det hade lovats skapligt väder och Louise skulle ta med något gott att grilla från snabbköpet där hon jobbade, hade hon sagt. När Scott läste huvudrubriken i tidningen, att skjutvapen blivit allt vanligare i samhället, så rös han till. Det hade bara gått fyra dagar sedan han själv varit nära att få en kula i sig. När han blivit rånad på väg hem från sin arbetsplats hade ett skott avlossats av en korrupt polis. Kulan hade i stort sett strukit hans rygg och träffat rånaren i bröstet som fallit död ner precis framför Scott. Han hade nyligen sett ett program på TV där det sagts att polisens brottsutredare alltid undvek att se de döda offren i ögonen. Om någon trots allt hade gjort det någon gång så var det oftast sedan en syn som förföljde dem och dök upp mer eller mindre ofta. Inte minst när offren var oskyldiga barn eller kvinnor. Den skjutne fjortonårige rånaren hade fallit ner precis framför Scott med sitt livlösa ansikte vänt rakt mot honom. På grund av att Scott stått framåtböjd så hade ansiktet bara varit en meter ifrån honom. Han kände att han helt klart kunde skriva under på vad som sagts i TV-programmet och märkte själv att synen av den döde rånaren var något som för alltid skulle finnas hos honom.

3

Utan att fördjupa sig i någon artikel bläddrade han vidare fram till de sista sidorna där bilannonserna och serierna fanns. Scott hade gärna bytt bort den lilla Nissan Micra som de fått överta när de bytt till sig Lousies mammas lägenhet. På samma gång så täckte den femton år gamla bilen upp de flesta behoven de hade, men visst hade det varit trevligt med en BMW x3 precis som hans äldre bror Henrik hade. Om ett halvår väntade de dessutom tillökning och då hade det helt klart varit läge. De hade inte alls de ekonomiska förutsättningarna nu att byta, men drömma kan man ju alltid, tänkte Scott för sig själv. Scott kände sig lite grusig i ögonen så han beslöt sig för att gå och lägga sig en stund innan det var dags att gå upp om en timme igen, för att hinna göra sig i ordning före jobbet. Trots den stora muggen kaffe somnade han nästan direkt och sov tungt ända tills ringsignalen ljöd i hans mobiltelefon.

Louise som också började tidigt den här morgonen var uppe ur sängen innan Scott ens hunnit stänga av ringsignalen."Godmorgon gubbar", sade hon käckt och slängde sin kudde på Henrik för att väcka honom innan hon rusade till duschen. Scott kände sig allt annat än utvilad och gick med släpande steg ut till köket och dukade till frukost. Det var inte varje morgon som han duschade men i dag kände han att det behövdes för att vakna. När de duschat och ätit frukost gick Scott ut med Henrik till parken medan Louise passade på att fixa håret och sminka sig. Hon lade även ner lite kläder i en bag som hon ville ha med ut på sjön och skrev en lista på telefonen vad hon skulle handla när hon slutade jobba.

Det tog mindre än tio minuter för dem att ta sig till sina arbeten. Louise hade några hundra meter att gå medan Scott cyklade cirka en kilometer. Den här dagen slutade Louise en timme tidigare än Scott som alltid slutade klockan fyra, måndag till fredag. Innan de kysstes och sade hejdå till varandra, lovade Louise att hon skulle ha kläder och matvaror packade tills Scott kom hem från jobbet. Scott sade att han hade lite kläder kvar i segelbåten men att det nog skulle vara skönt med en stickad tröja. Den tänkte han leta fram när han var hemma på lunch och även passade på att gå en sväng med Henrik. De klev ut från porten till huset de bodde och hann med att kyssas en gång till innan Scott satte sig på cykeln och trampade iväg. Morgonluften var frisk och lite kylig och han andades in djupa andetag och bara njöt. I nästa sekund tänkte han att luften kanske inte alls var så ren, det var ju ändå Sveriges huvudstad de bodde i och det fanns ju mängder av avgaser och andra giftiga utsläpp. Men efter ytterligare några andetag så trodde han att det nog inte var så farligt för luften kändes verkligen helt okej. Solen hade kommit fram lite mer nu och han märkte att hans ansikte värmdes upp trots fartvinden när han cyklade. Han hade nu bara hundra meter kvar till platsen där han blivit rånad på ett par tjugolappar och en halvdålig mobiltelefon några dagar tidigare. Plötsligt kände Scott sig illa till mods men beslöt att inte ta en omväg, rädslan och obehaget skulle inte få vinna över honom! När han kommit förbi platsen där det fanns blommor och utbrunna ljus till minne av Abdullha som skjutits till döds så kände han det som en seger att ha det här obehagliga bakom sig.

I triumf trampade han ännu snabbare den sista biten till jobbet. Han fick kliva av cykeln försiktigt, det hade bara gått en vecka sedan han blev av med gipset efter att ha brutit fotleden. Att cykla var inga problem men att bara stå på en fot eller stöta emot något där han var opererad gjorde fruktansvärt ont och han brukade bli helt svimfärdig. Detta hände lyckligtvis inte mer än några gånger per dag men det var grymt obehagligt. På Stockholms lokaltrafiks bussvård område syd där han fått anställning fanns det stor risk att stöta i foten någonstans, särskilt när bussarna skulle städas. Efter en stund hade han dock kommit på att det bästa sättet var att gå med den friska foten före den andra hela tiden i bussgångarna och på så sätt undvika att stöta emot något.

Det var ett par nyanställda på busstvätten, den ena kände Scott igen till utseendet men kunde inte riktigt placera var någonstans han hade sett honom. Det verkade vara en riktigt obehaglig typ som hade en grov jargong och gärna hade roligt åt andra på deras bekostnad. Scott kände med en gång att det var bäddat för problem i och med att han själv inte var den sortens människa som någon ostraffat drev med eller satte sig på.

Han kände att hans telefon i byxfickan fick ett textmeddelande men lät det vänta. Snart var det rast och då kunde han läsa det, tänkte han. Arbetsledningen hade klart deklarerat att mobiltelefoner inte fick användas under arbetstid. Blev man påkommen med att prata i mobiltelefon kunde det resultera i att man avskedades direkt.

Ett gammalt signalhorn från en utrangerad buss ljöd när det var dags för rast klockan nio. När fikapausen var slut en kvart senare skulle den tuta igen, allt för att verkligen se till så att alla på arbetsplatsen verkligen jobbade den tid de fick betalt för. Scott tog fram sin mobiltelefon för att kontrollera vem som skickat sms till honom medan han plockade fram sitt smörgåspaket från kylen. Det var från hans brorsa, Henrik. "Hej Joakim! Ni är välkomna ner till oss i Nyköping nästa helg om det passar! Ta gärna med min namne för granntanten saknar honom!", stod det. Henrik var den ende som kallade honom vid sitt förnamn, alla andra sade Scott till honom. Brorsan och han hade fått riktigt bra kontakt med varandra under sommaren och till och med nyligen varit ute och seglat längs ostkusten upp till Stockholm. Möjligtvis hade väl dödsfallet av deras yngre bror väckt dem båda och fått dem att inse att de egentligen hade mycket gemensamt och trivdes bra tillsammans.

Scott skrev och svarade att han trodde att Louise jobbade nästa helg men att han skulle återkomma med besked när han visste säkert, senast under kvällen. När han skulle ta fram sin kaffekopp och fylla på, så stod den inte där den brukade. Sånt här kunde få adrenalinet att svämma över på honom och han kände snabbt hur jävla förbannad han blev. Han såg sig omkring och upptäckte genast vem som snott muggen och frågade vad i helvete han menade med att ta hans kaffemugg. I samma sekund som han vräkte ur sig orden kom han på var han hade sett ansiktet tidigare. Det var från förra vintern då de suttit inne på samma anstalt men på skilda avdelningar.

Markus Jansson satt vid köksbordet och grubblade medan han bredde ett par ostsmörgåsar till morgonfikat. Han skulle om ett par timmar gå till sitt jobb på polisen men hade haft svårt att ligga kvar och dra sig i sängen, dels fick han ont i ländryggen och sedan kände han att han behövde en balja kaffe för att kunna tänka klart. Det hade hittills varit en riktig skitvecka där det mesta som kunde gå fel hade gjort det. För ett par nätter sedan hade han blivit hämtad i deras lägenhet och förd till polisstationen för att ett förhör med honom skulle hållas. Det påstods nämligen att hans för ett par månader sedan borttappade pistol hade använts vid ett brutalt mord på en fjortonåring. Man ville nu ha Markus förklaring till hur i all världen vapnet kunnat hamna i händerna på en av hans närmaste kollegor i piketgruppen. Markus hade dock lugnt lutat sig tillbaks i förhörsstolen och knäppt sina händer bakom nacken och lämnat sin troliga förklaring.

-Det måste väl varit Kristoffer som snott pistolen av mig då, för han var ju med på bevakningsfartyget när vi sökte efter min farfar Urban Janssons mördare, svarade han. Förhörsledaren tyckte själv att det lät trovärdigt och även om han tvivlat det allra minsta så fanns det praktiskt taget inte en chans att bevisa motsatsen. Kristoffer som egentligen var den enda personen som skulle kunna svara hade själv omkommit en kvart efter dödsskjutningen av Abdullha. Detta skedde när han flytt från brottsplatsen och ett vådaskott avlossats av honom själv. Det hade gått rakt genom hjärtat på honom och döden hade infunnit sig ögonblickligen.

Markus tyckte det var riktigt tråkigt att ha mist en av sina bästa polare och som om inte det var nog så befarade han att släkten till Abdullha skulle hämnas på honom. Eller kanske någon som han kände väl, nu när Kristoffer inte fanns med mer. Det som talade för det var att det förmodligen redan var allmänt känt att det faktiskt var hans pistol som använts vid mordet och att de arbetat i samma piketgrupp. Markus visste av erfarenhet att de här gängen gjorde allt för att slå tillbaka för att upprätthålla någon form av heder. Han anade att de inte drog sig för något och befarade att det var blodshämnd som gällde. En sak till som retade Markus, var att Scott fortfarande inte var sänkt, det var ju helt klart han som varit vållande till hans farfars död, ansåg han. Markus insåg dock att även om han egentligen var den mest lämpade för att döda Scott så vore det bäst om han inte på något sätt kunde bindas till ett sådant mord. Brottsutredare hade redan ansett att han ansågs ha skäl för att likvidera Scott så det erfordrades helt klart att det var någon annan som utförde gärningen samt att han själv hade ett vattentätt alibi. Han gick till kaffebryggen och fyllde på det sista kaffet i sin mugg och kände att drycken gjorde susen. Han kunde fatta många genomtänkta beslut redan efter första baljan han hällt i sig. Det som slagit honom senast var att det smartaste vore att förekomma Abdullhas släktingar, göra ett stenhårt tillslag mot dem med massor av övervåld och skrämma skiten ur dem. Han hade fått veta att poliserna som meddelat släktingarna om fjortonåringens död hade blivit dödshotade och deras namn figurerade i de flesta utredningarna i området. hämndmotiv, det fanns det.

9

Så det fanns säkert många skäl att göra ett rejält tillslag där och han visste att han hade piketchefen på sin sida. Inte minst för att Kristoffer ingått i deras grupp och här gällde det ju att sätta ner foten och gå till botten mot rån som genomfördes av minderåriga, oftast under ledning av någon äldre.

Markus tog sedan sista biten av ostmackan medan han fick en idè till. Om de hittade något skjutvapen vid tillslaget så kunde det ganska lätt flyttas till området där Kristoffer sprang från dödsskjutningen av Abdullha. Polisen kunde då hävda att Kristoffer blivit hotad och jagad av anhöriga till Abdullha och slutligen indirekt blivit dödad av dem.

Han tänkte igenom allt en gång till och beslöt att det var värt att ventilera med sin chef.

Kapitel 2

Abdullhas far, Mohammed, hade bestämt att deras gäng skulle släppa Scott fri från vedergällning. Detta berodde på att han egentligen inte kunde lastas för sonens död, dessutom hade han snabbt sett till att ambulans hade tillkallats.

Kristoffer som avlossat det dödande skottet gick inte heller att hämnas på, för han hade ju skjutit sig själv i samband med att han blivit påkörd av en bil. Det hade även visat sig att Kristoffer inte hade någon familj eller nära sörjande heller, så han var också borträknad.

Den som skulle få lida för illgärningen mot hans son var vapnets ägare och Kristoffers arbetskamrat, berättade Mohammed för sina fem återstående söner och tretton av deras kusiner. Detta kunde antingen göras mot Markus Jansson själv eller kanske ännu hellre mot hans nyblivna fästmö, Marie. Gjordes det mot henne skulle det säkert vara mycket mera kännbart för Markus.

Niklas Ohlsson som var förman på Stockholms lokaltrafik bussvård syd hade med en gång sett vad som höll på att ske. Han gick rakt fram mellan Scott och den nye medarbetaren som tagit en kaffemugg och sagt att det fick vara slut på käbblet. Sekunden senare hade signalen ljudit att det var slut på rasten så alla återgick till sina arbetsuppgifter. Scott kände fortfarande hur hans hjärta pumpade för fullt och han var så förbannad att han skakade. Niklas gav honom då en bestämd blick och sade till honom att släppa det.

Markus Jansson hann in till gymmet och träna drygt en timme innan han skulle gå på och jobba. Hans bäste polare, Jonas, var redan på plats. De hade mycket gemensamt, båda arbetade i samma piketgrupp hos polisen, umgicks mycket på fritiden och hade till och med nyligen förlovat sig samtidigt i Paris. Båda var också lite nedstämda eftersom Kristoffer inte fanns i livet mer. Jonas hade även han insett att Abdullhas släktingar inte skulle släppa dödsskjutnigen utan att de förmodligen skulle hämnas, sade han. Han tyckte som Markus att det var en bra idè att snacka med deras chef och dra igång en riktig razzia mot dem och slå ner packet en gång för alla. Varsin tablett som var klassat som anabola steroider samt ett par Redbull blev dagens lunch innan de packade i sina träningsbagar och gick till jobbet.

När Scott cyklade hem för att äta lunch och rasta Henrik så ringde det på hans mobiltelefon. Det var Louise som ringde på sin rast för att höra hur läget var samt berätta att hon mådde lite illa, förmodligen på grund av graviditeten. Scott tänkte först berättat om idioten som snott hans kaffemugg, men beslöt sig för att inte nämna det. Istället frågade han om hon trodde att det gick bra att sticka ut på sjön om hon inte mådde riktigt bra. Louise svarade att det bara skulle bli skönt att komma ut och få en massa härlig sjöluft i sig men att hon nog skulle grilla något vegetariskt som inte var så starkt för hennes mage. Hon undrade vad han ville ha och fick till svar att det gärna fick vara något köttigt och kryddstarkt. Han hade aldrig varit mycket för kaninmat, sade han och skrattade innan de lade på.

Henrik var överlycklig när han fick se husse komma in genom lägenhetsdörren. Scott ställde snabbt in matlådan i microvågsugnen innan han gick ut till parken strax intill med Henrik. När de kom tillbaka så hade micron slagit ifrån och maten var lagom varm att äta. Under tiden han åt så kollade han in väderprognosen en gång till på sin telefon och det såg fortfarande helt okej ut. Nu i slutet på augusti så började det bli lite svalt ute på kvällar och nätter, perfekt att vi har värmare i båten tänkte Scott medan han drack lite vatten till maten. När han ätit färdigt var det dags att cykla tillbaka till jobbet igen. Han hade hellre varit ledig, särskilt som han visste att det förmodligen skulle bli bråk med den nyanställde på arbetet. Det var inte så att han var rädd för typen, han själv var mer vältränad och starkare, utan det var bara det att han helst ville ha lugn och ro nu. Inte minst på grund av att han var nygift och skulle bli pappa om ett halvår. Scott kände att han tröttnat på att leva livet som innebar bråk och problem och att han istället ville leva ett mer ordnat familjeliv. Han visste tyvärr att om någon jävlades det allra minsta med honom, så skulle han lätt kunna gå över gränsen och ge tillbaka på ett riktigt brutalt sätt även om det bara var en kortsiktig lösning och att det innebar trubbel längre fram. Han hade alldeles för hett temperament och kort stubin för att hålla sig lugn om någon utmanade honom och inte höll sig på sin kant. Han kände dock att han inte hade något direkt val, han kunde inte stanna hemma utan det var bara att ta tjuren vid hornen och cykla tillbaka till jobbet igen och hoppas på det bästa, att det skulle vara lugnt.

13

Genom noggrann kartläggning så tog Mohammeds söner och deras kusiner reda på viktiga detaljer om Markus Jansson. Man hade lyckats få reda på hans arbetstider och vilka vanor han hade. De visste även var hans fästmö Marie jobbade och bland annat vilken väg hon brukade ta till förskolan där hon var anställd. Man hade även lyckats få tillgång att avlyssna deras mobiltelefoner och räknade med att snart kunna se all datatrafik de hade via internet. I Markus och Maries lägenhet fanns fritt wifi där det bara behövdes ett lösenord för att komma åt allt. De hade goda förhoppningar att inom några dagar ha löst det problemet med.

Mohammed sörjde sin son Abdullha djupt och sjönk emellanåt ner i tankar kring honom. På samma gång som han såg fram emot att få hämnas så visste han att hur mycket vedergällning som helst aldrig skulle göra att han fick återse Abdullha i livet igen. Han hade gärna innerst inne velat släppa det hela och låtit Markus Jansson gå fri, men känt press från de övriga sönerna och en del av deras kusiner att slå tillbaka hårt. Mohammed rökte dagligen opium sedan flera år tillbaka men hade senaste tiden känt att det inte riktigt räckte till. Sedan årsskiftet hade en ny försäljare av metamfetamin börjat konkurrera med dem vilket gjort att priset sjunkit och därmed förtjänsten. Han hade själv också börjat med metamfetamin för att orka leda sitt gäng vilket lett till att alla hade börjat med drogen. De hade resonerat att kunde Mohammed använda metamfetamin så var det väl okej att alla i gänget gjorde det. Detta ledde i sin tur till att Mohammed hade fått ett betydligt mer bångstyrigt och svårhanterligt gäng att handskas med.

Eftermiddagen flöt på snabbt och smärtfritt för Scott. En bidragande orsak var att den som snott hans kaffemugg inte hade visat sig efter lunch. Förmannen Niklas Ohlsson sade att han hade gått hem vid lunch för att han hade några timmar att plocka ut. En signal ljöd när det var dags att ta helg och Scott skyndade sig ut till sin cykel för att trampa hem. Han var glad att det äntligen var fredag eftermiddag. Att få komma ut och segla med Louise och hunden Henrik var något som han verkligen såg fram emot. När han öppnade dörren till deras lägenhet så höll Louise på att packa i det sista i kylväskan. Scott tyckte inte att hon inte var sig riktigt lik och undrade om det var något som inte var bra. Hon svarade då att hon kände sig orolig och att hon fortfarande var illamående. Han undrade då vad som oroade henne och fick till svar att det kändes som om det hade gått lite för bra för dem. Det hade löst sig med större lägenhet, jobb till dem båda och att de väntade tillökning. -Häromdagen höll du ju på att bli ihjälskjuten, allting känns så fruktansvärt sårbart, livet och lyckan kan ju vända på bara en sekund, tillade hon och började gråta. Scott gick fram till Louise och kramade om henne. De stod en lång stund utan att säga någonting till varandra. Louise tänkte mest på textmeddelandet som hon hade fått på rasten innan hon gick på arbetspasset igen efter lunchen. Där hade det stått: "Dags för dig att säga adjö till Scott!". Hon rös så att hon skakade varje gång tanken på det kom upp i hennes hjärna. Hon visste att hon måste berätta det snarast men kände att det inte var riktigt läge ännu. Scott var ju så glad nu när de skulle ut med segelbåten och hon ville inte förstöra det.

Efter en stund sade Scott att det förmodligen skulle kännas bättre när de kom ut i den friska sjöluften. Louise nickade instämmande och när Scott hade varit på toaletten så tog de med sig bagen med kläder, kylväskan samt Henrik och låste lägenhetsdörren. Scott fick köra i den täta eftermiddagstrafiken för Louise kände sig fortfarande uppriven. Hon hoppades att allting skulle bli bra snart, att det bara var någon idiot som skickat textmeddelandet på skoj till henne. Men innerst inne trodde hon inte att det var så, för så här i efterhand verkade det ju som att kulan som träffade Abdullha egentligen var ämnad för hennes man. Hon kände att hon var tvungen att få tänka klart i lugn och ro en stund för att kunna besluta något vettigt. Möjligen skulle det vara lämpligt att kontakta polismästare Östen Karlsson som hon fått gott förtroende för i somras. Han hade lovat att hjälpa till om det behövdes framöver, hade han sagt. Väl nere vid båthamnen en kvart senare hittade de den sista parkeringsplatsen och tömde bilen på vad som skulle med. Louise kände att hon var tvungen att koncentrera sig på uppgiften att hjälpa till med att komma ut ur hamnen och skjuta problemen åt sidan ett tag. Henrik hade bara varit ombord en gång tidigare men tvekade inte utan gjorde ett långhopp och landade på däck. De tänkte gå för motor en timme ut till någon lämplig övernattningsplats och sedan under lördagen ägna sig åt segling, vart var inte riktigt bestämt ännu. När de var på väg passade Scott på att skicka ett textmeddelande till sin bror Henrik som var på Teneriffa med sin fru Maria. Scott hade hört med Louise om han mindes rätt att hon jobbade nästa helg, och så var fallet, så vi hälsar gärna på vid ett senare tillfälle, skrev han.

De skulle landa på Arlanda klockan halvsju på söndagskvällen och då hade Scott och Louise lovat att hämta dem.

"Jäkla dyngsnok!", muttrade Markus för sig själv. Han hade blivit dunderförkyld och det stod 11 under kranen på honom av snor som rann hela tiden. Han anade vem han hade blivit smittad av, men var förstås inte riktigt säker. Hans fästmö Marie som arbetade på en förskola kom ofta i kontakt med snoriga ungar men var väl förmodligen immun mot alla smittor för att hon utsattes för dem nästan varje dag. På något sätt verkade det som om hon drog hem skiten och han blev smittad ganska ofta. Markus kände sig fruktansvärt dålig, tyckte synd om sig själv och undrade varför just han skulle drabbas. Allt för väl visste han också vilken kommentar som Marie skulle fälla när hon kom hem från jobbet.

"Det brukar drabba de som är klena först!", brukade hon säga till honom vid sådana här tillfällen. Något som bara fick honom att bli förbannad och inte var ett dugg uppiggande. Drogerna han brukade ta verkade inte ha speciellt goda effekter heller när han mådde så här, så det fick bli enbart whiskey. Han visste dock att det var fullt med kalorier i drycken och att han blev fet av den men det var ett senare bekymmer. Här gällde det att bli frisk snabbt och då är det stora mängder sprit som gäller för att ta kål på bacillerna, tänkte han. Tyvärr fick han huvudvärk i stället och visste inte vad han skulle ta sig till. Till slut somnade han i TV-fåtöljen med en gulgrön 11 under kranen.

17

Han vaknade dels av att Marie satte nyckeln i dörrlåset men också av att det samtidigt kom ett textmeddelande på hans mobiltelefon. Han väste fram med svag röst, "hej älskling!", för nu hade smörjan satt sig i halsen också. Förbannat på riktigt, tänkte han. Han hörde Marie svara samtidigt som han med rinnande ögon gjorde allt för att se vad det stod i meddelandet som kommit. "Jag fimpar Scott på söndagkväll, halva betalningen imorgon och resten senast måndag" stod det. Markus tänkte att jorden är full med idioter, fattar han inte att sådana här meddelande kan spåras och läsas! Han väntade med att svara och lade ifrån sig mobiltelefonen på bordet. Han var tvungen att tänka en stund hur han skulle agera nu innan han skickade tillbaka något.

Marie hade nu hängt av sig jackan, tagit av sig sina skor och stod och hängde på dörrposten in till vardagsrummet. Med huvudet på sned sade hon; "hur mår du, lille gubbe?" När hon såg hur han såg ut sade hon att hon skulle göra lite varmt honungsvatten till honom. Han hatade den sötsliskiga drycken men kände att han var beredd att göra allt nu för att bli bättre. Det borde ju gå att skölja ner det med whiskey efteråt, tänkte han medan Marie redan var ute i köket och skramlade. När hon kom in till honom med en rykande mugg berättade hon att det hade stått två personer utanför förskolans lekplats och iakttagit henne på eftermiddagen när hon var ute med en grupp barn. Samma personer tyckte hon hade förföljt henne en bit när hon gick hem, men på den punkten var hon inte riktigt säker. Markus blev med en gång väldigt allvarlig och bad Marie att beskriva dem för honom så noggrant som möjligt.

När hon hade gjort det så kontaktade han sin piketchef och undrade om de kunde göra ett tillslag så snart som möjligt mot Abdullhas släktingar, kanske redan lördag kväll för att förekomma dem. Han fick till svar att han skulle se vad han kunde göra, det behövde förankras hos polisledningen för att det skulle vara okej, men han lovade att höra av sig så snart han visste. Det var möjligt att det skulle dröja ända tills dagen därpå och då blev det förmodligen när Markus började arbeta klockan två. Om han orkade gå till jobbet då fick han se, förkylningen var påfrestande och han kände att han hade feber. Han bestämde att han ändå skulle försöka för han ville absolut inte missa ett fett tillslag hos Mohammed och hans kumpaner.

Scott märkte där han satt bredvid Louise och Henrik i segelbåten att hösten inte var så långt borta. Första halvan på augusti hade redan passerat och solen var på väg ner betydligt tidigare än han räknat med. Det var nästan skymning innan de hittat en skyddad vik att tillbringa natten på. De beslöt ändå att de skulle tända den medhavda kolgrillshinken och äta ute under bar himmel för det var fortfande ganska varmt i luften. Louise var lite sur för att oxfilèn som funnits i snabbköpet till extrapris var slut när hon tänkte köpa en bit när hon slutat jobba. Hon hade själv suttit i kassan och visste att de inte sålt någon på hela dagen så alla förpackningar var med all sannolikhet stulna. Istället fick hon ta så kallad fläskytterfilè som egentligen var en benfri kotlettrad och hoppas att det var nästan lika gott. Hon själv tänkte ta squash, banan och halloumi att lägga på grillen.

Louise öppnade en flaska vin och hällde upp var sitt glas medan Scott blåste på grillbriketterna för att det skulle bli fin glöd. Grillmaten var alldeles för starkt kryddad för Henrik så han fick hålla till godo med traditionell hundmat men verkade lika glad för det. Innan de gått iland hade Scott satt på värmen och ibland kunde de känna doften av lysfotogen när kvällsbrisen låg på från det hållet. Just den här lukten gjorde så att Louises illamående kom tillbaka, så de flyttade på sig en bit för att det skulle bli bättre. Att äta ute så här smakade helt underbart och de satt länge ute invirade i en stor pläd för nu hade temperaturen sjunkit lite, så det behövdes. Till slut gick de ombord och somnade nästan direkt, även Henrik.

Kapitel 3

Det varma honungsvattnet var tydligen vad jag behövde, tänkte Markus nöjt, för nu kände han sig betydligt bättre. Detta var dock något han aldrig tänkte tala om för sin fästmö Marie, för då skulle hon förmodligen bara gå omkring och tjata om det. Den senaste tiden hade det blivit inne att klä ut sig till clown och springa runt och skrämma "panshos", såg han när han tittade på nyheterna på mobiltelefonen. Med den röda jättesnoken jag har fått av allt snytande så behöver jag inte klä ut mig, jag kommer skrämma folk ändå, sade han till Marie och skrattade. Trots att han kände sig bättre så spelade han att han fortfarande var riktigt krasslig för han trivdes med att bli ompysslad och uppassad av Marie. Markus kände dock på sig nu att han utan några större problem skulle kunna arbeta dagen därpå om han inte blev sämre under natten.

När han läst färdigt nyheterna så bestämde han sig för att svara på textmeddelandet som han hade fått under eftermiddagen. För att inte kunna bindas till någon inblandning i Scotts öde så skickade han bara tillbaka en smilies. Han gjorde det för att visa att det var okej med betalning som föreslagits, hälften på lördag och resterande på måndag. Hundra tusen kronor som var överenskommet för uppdraget, hade Markus liggande i sitt skåp på gymmet. På lördagen skulle de träffas där innan Markus gick på och arbetade. Han hoppades att ingen skulle bryta sig in i hans omklädningsskåp för där förvarade han inte bara just nu en massa pengar.

Där fanns även kniven som Jonas skulle släckt Scott med på segelbåten i somras och även en batong som det fortfarande fanns blodspår på. Jonas hade slagit ner en polis som vaktade Scott på sjukhuset i Oskarshamn för ungefär en månad sedan med den, och Markus hade ännu inte haft något bra tillfälle att göra sig av med grejorna. Förutom det fanns där även ett halvt kilo metamfetamin och lite andra droger, bland annat en hel del tabletter som hade lite olika verkan. Längst ner på golvet i skåpet låg för tillfället också pistolen som Scott skulle släckas med på söndag. Den var redan laddad med sex skott och var tillsammans med kniven och batongen något som måste försvinna inom några dagar. I fall någon bröt sig in i skåpet och hittade grejorna skulle det kunna bli problem på riktigt.

Mohammeds brors son skulle gifta sig på lördag, så det var festligheter redan under fredagskvällen. Över nittio personer var samlade och stämningen var på topp. Man hade beslutat att vänta till efter helgen med en aktion mot Markus Janssons fästmö, Marie. Planeringen var i sitt slutskede, det var bara detaljer som återstod.

Vinden blåste friskt när de vaknade i segelbåten. De väcktes dels av en lina som slog mot masten men även av att båten gungade ganska så betänkligt. Vinden måste ha vridit sig lite under natten och låg nu på rakt från sidan med cirka sex meter per sekund. Det borde ändå inte bli några problem att ta sig ut riskfritt från natthamnen var det första som Scott fastslog när han stack ut huvudet från ruffen.

-Dags för årets sista dopp! Vrålade han till Louise medan han naken klev upp på skarndäck för att dyka i. Nästan lika snabbt som Scott hade kommit i, kravlade han upp på badbryggan för att vattnet kändes så kallt. Louise och Henrik tänkte inte bada utan tittade bara på medan Scott snabbt torkade sig för att inte frysa. Louise tog en varm dusch istället medan Scott klädde på sig och dukade fram frukost. När de hade ätit så hade de ganska bråttom att komma iväg på grund av den tilltagande vinden. Detta gjorde att Louise inte tyckte att hon hade något bra tillfälle att ta upp textmeddelandet som hon fått dagen innan. Hon hoppades att det skulle vara lämpligare lite senare. Direkt när Louise stigit på i fören efter att ha lossat förtöjningslinorna så startade Scott ankarspelet som bestämt förde segelbåten ut från land. Vinden drev båten snett utåt så de behövde inte starta motorn utan kunde hissa seglen med en gång och komma iväg. De hade beslutat sig för att kryssa mot vinden under lördagen och hitta någon lämplig natthamn framåt eftermiddagen. På så sätt skulle de få gott om tid att i lugn och ro segla hem under söndagen och hämta Henrik och Maria som skulle landa på Arlanda klockan halvsju på söndagskvällen. Vinden var ganska byig så de var tvungna att hela tiden vara på sin vakt för att det skulle kännas säkert. Dessutom var det rätt så många andra som var ute och seglade vilket också bidrog till att de fick vara på helspänn hela tiden. Det gick riktigt bra, för deras samspel var perfekt och de visste att båten tålde en hel del. I början på sommaren blev Louise lätt sjösjuk när de kom ut på sjön men det kände hon som väl var inget av längre.

Hon fick koncentrera sig helt på seglingen vilket gjorde att hon för stunden glömde bort textmeddelandet. Louise älskade att segla snabbare än de övriga båtarna på fjärden och det lyckades de bra med. Framåt fyratiden på eftermiddagen sökte de upp en vindskyddad vik och gick iland och rastade Henrik. Källarfranskorna med ost och skinka till eftermiddags kaffet smakade utsökt. Trots att det var i slutet på augusti så kände de att solen hade bränt dem i ansiktet. De ångrade att de inte smort in sig med solkräm på morgonen. Men bättre sent än aldrig, sa Scott och började gno in smörjan i nyllet. Louise kände att hennes läppar var lite brända så hon nöjde sig med lite läppbalsam på dem när de hade fikat.

Alla män som deltagit i festen kvällen innan bröllopet var berusade och trötta. Det hade dansats, ätits och druckits ända tills det ljusnade på lördags morgonen. Kvinnorna var inte lika bakfulla men uttröttade av allt förberedande som gjorts inför ceremonin. Mat, dryck och kläder var överdådigt på alla vis, för det här var ett sådant tillfälle då det inte fick snålas in på något. Alla visste också att de gick en trevlig men hård natt till mötes efter bröllopet, för så brukade det alltid vara. Mohammed hade dock bestämt att ingen av männen fick dricka alkohol efter att det ljusnade på söndags morgonen. Det var viktigt att alla var nyktra och utvilade till måndagen, då mycket var inplanerat.

När Markus Jansson lite före lunchtid kom in i omklädningsrummet på gymmet var det ovanligt mycket folk där. Personen han skulle träffa satt på en bänk där man tar av sig skorna. Som väl var hade Markus förberett ett stort vadderat kuvert till sin kontakt med femtiotusen kronor och den laddade pistolen i. Då ses vi på måndag så får jag höra hur det har gått, sade Markus till honom för att förhoppningsvis få honom att fatta att det inte var lämpligt att höras av innan dess. Han ville absolut inte ha några textmeddelande eller telefonsamtal som lätt kunde spåras till honom under överskådlig tid. För att gardera sig blockerade han sin mobiltelefon för just det numret under inkommande samtal. Markus tyckte egentligen inte om typen som Jonas hade kommit i kontakt med, men kände att han inte hade någon som han visste var mer lämplig för uppdraget. Det fick ju absolut inte vara någon som kunde kopplas till honom på något sätt för då skulle han själv snabbt bli misstänkt. Det kom ett textmeddelande på Markus telefon och när han tittade från vem det var så såg han att det var från hans chef. Husrannsakan hos Mohammed och hans kumpaner var beräknat att ske på söndagen lite efter att de gått på skiftet klockan tolv. Bra, tänkte Markus och log för sig själv, då har jag ett perfekt alibi för söndag eftermiddag! Han märkte att förkylningen fortfarande satt kvar i kroppen, så det fick bli ett hett bastubad istället för träning innan han skulle gå till arbetet. Värst var huvudvärken som han försökte avhjälpa med ett par alvedon och genom att dricka en massa vatten.

Mohammed hade en rejäl baksmälla som gjorde dels att han mådde illa men även att allting bara snurrade i huvudet på honom. Det verkade inte spela någon roll om han blundade eller tittade, vilket gjorde honom frustrerad. Han visste helt klart vad det berodde på, dels var det hans sedan några år absoluta favoritdryck, gin och tonic, och till detta hade han också intagit över två liter vin. Det var just blandningen av olika alkoholhaltiga drycker som hade den här effekten på honom, vilket han visste förbannat väl. Men med påtryckningar från övriga på festen och sprit i överflöd så brukade det bli så här. På något konstigt vis var han fortfarande törstig, trots att han hinkat i sig kopiösa mängder kvällen innan, tänkte han när han slog upp ett kallt glas apelsinjuice. Tankarna for igenom skallen på honom och han hade svårt att tänka klart, men han försökte så mycket det bara gick. När hämnden var utförd under måndagen kunde de förhoppningsvis ta upp kampen med de nya försäljarna av metamfetamin som hade slagit sig ner i deras område. Mohammed var riktigt arg på dem och tänkte slå till stenhårt för att röja dem ur vägen.

Det var ännu ett par timmar kvar till bröllopet så Mohammed sjönk ner i sin favoritfåtölj i vardagsrummet. Han tänkte återigen på sin döde son Abdullha medan han drack ur det sista ur glaset. Han kände hur ögonen fylldes av tårar när han tänkte på att han aldrig skulle få återse honom mer.

Det snurrade fortfarande i huvudet på honom medan han slöt ögonen och försökte vila lite.

Louise hade lite ont i ryggen när hon vaknade och på samma gång som hon kände att hon hade legat stilla för länge, så ville hon ligga kvar för att det gjorde minst ont. Hon hade passerat vecka tolv i graviditeten och hade nyligen varit på ett kubtest där de bland annat kontrollerat blodvärden och tagit ett ultraljud. Allt hade sett bra ut och de hade frågat om hon ville veta vad det var för kön, men det kände hon att hon helst avstod ifrån. På sjukhuset hade de skrattat lite åt henne när hon jämrade sig över sina krämpor. Det kommer bli mycket värre, det här är bara början, hade de sagt. Det lät ju uppmuntrande, hade hon muttrat för sig själv samtidigt som hon försökt knäppa sina favoritjeans som numer satt som korvskinn på henne. Scott sov fortfarande och låg nästan mitt i slafen så att Louise knappt fick plats. Hon knuffade på honom för att få mer utrymme men han låg som fastgjuten på rygg utan att röra en min. Efter en stund förstod hon vad hon hade väckts av. Det var Henrik som låg med nosen rakt mot henne och snarkade. Allt överflödigt skinn fladdrade och for när blodhunden andades ut och Louise började skratta åt honom. -Du ser rolig ut, sade hon till Henrik när han tillfälligt avbröt sitt snarkande och med sömniga ögon tittade på henne. Några minuter senare kände hon sig rastlös och sade med ganska hög röst att hon var hungrig och att det var dags för frukost. Efter en timme var de mätta och belåtna och färdiga att segla vidare. Louise hade ännu inte berättat för Scott om det obehagliga textmeddelandet hon fått, vilket inte kändes riktigt bra. Hon märkte på Scott att han hade haft för mycket omkring sig den senaste tiden, och att han minst av allt behövde mer bekymmer att oroa sig för.

Vinden var fortsatt frisk och vågorna gick ännu lite högre än dagen innan. Detta gjorde att de skulle få koncentrera sig fullt ut på seglingen, så hon beslöt sig för att inte säga något om hotet förrän de var tillbaka på land igen.

När Markus hade kommit till jobbet på lördagen hade hans chef meddelat att tillslaget mot Mohammed skulle ske söndag klockan tolv. De behövde vara sammanlagt tre piketgrupper för att kunna göra aktionen exakt samtidigt. Detta var en förutsättning för att inte någon skulle kunna varnas och som då antingen kunde fly eller undanröja bevis.

Han skulle gå av först sent på kvällen men bad ändå Marie sitta uppe och vänta på honom, hade han skrivit på en lapp innan han gick hemifrån. Han var tacksam för hjälpen han fått när han var krasslig och tänkte ta med något gott att äta när han kom hem. Om han fick tag på en fin bukett blommor till henne så skulle han fixa det med, tänkte han. Markus kände att de kommit närmare varandra efter att de förlovat sig i Paris för drygt en månad sedan. Han hoppades att de inte skulle behöva jobba över, men det var risk för det. Bilbränderna hade tyvärr återupptagits av ligisterna i ett bostadsområde i Sollentuna de senaste nätterna. Som väl var byttes deras piketgrupp av innan något hade inträffat på lördags kvällen, så de slapp att jobba över. I en kvällsöppen butik på vägen hem hittade han en skaplig blomkvast att ta med hem till Marie.

Ännu lite närmare bostaden fanns en bra kinarestaurang som även hade mat att ta med hem. Det fick bli det vanliga, två gånger fyra små rätter. Till det här drack de oftast gärna öl men ikväll fick det bli vin för det var det ända han hade hemma. Marie hade somnat i soffan framför TV:n och vaknade med ett ryck när hon hörde lägenhetsdörren öppnas. Hon blev glad åt blommorna och satte dem genast i vatten. Markus sade att han ville duscha och byta till något ledigare innan de åt. När han stod och tvålade in sig hörde han att duschkabins dörren öppnades bakom honom. Han höll andan och lyssnade.

Om fredagsfesten var blöt så var firandet ännu blötare kvällen efter bröllopet. Den ende som inte var riktigt lika dyngrak som kvällen innan var Mohammed. Han visste inte om det berodde på att han började bli gammal eller vad det kunde vara. Han kände bara helt enkelt att hans kropp inte pallade med att festa för fullt två kvällar i rad. Han satt i ett hörn och tittade särskilt noga på ett par kusiner till Abdullha. Mohammed hade inte tidigare riktigt lagt märke till hur deras ansikten och kroppar hade förändrats den senaste tiden. Förändringen var skrämmande och helt klart till det sämre. Det rådde ingen tvekan om att orsaken berodde på för mycket metamfetamin under kort tid. Det var tvunget att begränsa den egna användningen inom gruppen eller helst sluta med skiten helt, tänkte han. Hur det skulle gå till hade han ingen aning om, han visste att även han blivit ganska beroende av drogen.

Jag blev också sugen på att duscha, sade Marie och klev in till Markus. En liten stund senare låg de blöta och älskade på badrums golvet mellan toalettstolen och handfatet. Maten var fisljummen när de kom ut från badrummet så de fick värma på den i microvågsugnen innan de åt den. Det smakade gott och en halv treliters vinbox satt perfekt till. Klockan hade nu passerat midnatt och de somnade nästan direkt i dubbelsängen när de lagt sig.

Kapitel 4

Scott var fullt fokuserad på att segla och tänkte inte alls på problemen runt omkring. När han tittade på Louise, sin nyblivna fru, kände han sig både rörd och lycklig. Det började synas att hon passerat tredje månaden i graviditeten och han satt och tänkte på hur det skulle kännas att vara pappa om ett halvår. Han hoppades att barnets uppväxt skulle bli bättre än hans egen. Helst hade han velat veta om det skulle bli en pojke eller flicka men Louise hade sagt att det fick de se i februari och inte en dag tidigare. Det var visserligen fullt möjligt att få reda på redan nu, men Louise hade bestämt att de skulle vänta och så fick det bli. De hade redan diskuterat vilka namn som de tyckte var lämpliga utan att komma fram till något bestämt. Scott var riktigt glad för att Louise och han hade träffats och kände att livet hade vänt på riktigt till det bättre. Visst var han lite orolig för om kulan som träffade Abdullha varit ämnad för honom istället, men det sköt han ifrån sig nu.

-Segelbåten går verkligen som en dröm, sade han till Louise som satt och njöt i solskenet. Hon nickade leende tillbaka utan att säga något. Henrik var kvar inne i ruffen där han låg och knaprade på ett ben. Vinden låg på snett bakifrån och gav båten rejäl fart med alla segel de hade uppe. Med den här hastigheten borde de vara i hamn tidigt på eftermiddagen, tänkte Scott. Det plingade till i hans mobiltelefon när han fick ett textmeddelande. Det var från Henrik. Han skrev att planet skulle lyfta en timme senare än beräknat från Teneriffa vilket borde innebära att de landade framåt halvåtta på kvällen på Arlanda flygplats. Bra, då vet vi, Louise och jag möter er i ankomsthallen när ni landat, skrev Scott tillbaka.

Markus och Marie vaknade framåt tio-tiden på söndagen och kände sig lyckliga med varandra. Hans förkylning var som bortblåst och båda var riktigt nöjda med kvällen som varit. Båda hade tänt på att älska i badrummet och när de pratade om det så sade Marie att hon gick igång på det. Det blev ett nummer till på samma plats innan de gjorde en rejäl frukost. Klockan rusade fram och Markus fick skynda sig till jobbet för att inte komma för sent. Han hann precis till genomgången av operationen som skulle ske och tänkte att nu jävlar ska vi klämma åt dem. För att komma i form tog han ett par tabletter med amfetamin som han av erfarenhet visste gjorde honom extra på hugget för en saftig insats. Uppladdningen i piketbussen ut till området var liknande den som sker i ett omklädningsrum före en match hos ett amerikanskt hockeylag, tänkte Markus och njöt.

Exakt klockan tolv tog de sig in i de fem lägenheterna som var aktuella. Man provade först med att ringa på för att se om de öppnade. Hade de inte gjort det inom en halvminut så dyrkades dörren upp. Var dörren låst även med säkerhetskedja bändes denna omedelbart upp med bräckjärn för att om möjligt inga droger skulle hinna spolas ner eller vapen kastas ut från något fönster.

Han skulle tyvärr inte kunna provskjuta den 9 mm Glock pistolen han fått av Markus men han trodde inte det skulle ha någon större betydelse. Tid hade han, men han visste inte någon plats där han garanterat kunde få göra det ostört. Vapnet var försett med ljuddämpare, annars var det identiskt ett sådant han utfört tidigare uppdrag med. Han kom dock ihåg att avtryckaren känts trög på det senaste vapnet vilket kunde ha en viss inverkan när han skulle avlossa den här. Det gällde verkligen att vara tillräckligt nära målet samt att sikta väl innan man ens nuddade avtryckaren. Han visste precis var han skulle befinna sig när han avlossade skottet men inte exakt tidpunkt. På en fikarast hade han snappat upp vid vilken brygga och vilken plats Scott hade för sin segelbåt. Det var brygga c och plats 37, den som var längst ut åt höger. Planen var att han skulle sitta och meta längst ut på bryggan och när Scott närmade sig med segelbåten så skulle han avlossa pistolen och snabbt avlägsna sig från platsen. De stora fördelarna med att göra det just här var dels att en tomhylsa som fallit i vattnet här där det var sju meter djupt skulle ta tid att hitta och med ljuddämparen på så kunde han själv ta sig därifrån utan att någon reagerade på det.

Om det var någon person i närheten trodde de antagligen att han hade tröttnat på att meta och var på väg därifrån med sitt metspö. Pistolen var även den tänkt att slängas i havet från bryggan. Förmodligen skulle polisen finna den, men inte på en gång, vilket borde ge honom ett rejält försprång. Dessutom när den väl var funnen så kunde de troligtvis inte hitta några fingeravtryck på den. Han log åt den genialiska planen och klämde med sin hand lite på vänster bröstficka. Där låg femtio tusen kronor i femhundra kronors sedlar och måndag eftermiddag skulle han ha en lika tjock bunt i den högra. Precis lagom att lägga emellan när jag skall byta motorcykel, tänkte han. De hade på motorcykelbutiken sagt ett hundra tusen kronor emellan, när han begärt att få ett bra pris på sin fem år gamla Harley Davidson mot en ny.

Han räknade inte med att Scott skulle komma in förrän någon gång under eftermiddagen men kände sig ändå lite stressad. Ett metspö var tvunget att inhandlas och så började han bli hungrig med. Efter inköp av metspö tog han vägen förbi en pizzeria och tog med en kebabpizza med sallad att äta ute på bryggan. Han ville inte missa det här tillfället och komma för sent och missa halva belöningen bara för att han var hungrig. Nej, då var det bättre att ta med mat att äta på plats och kanske få vänta lite extra om det behövdes. Att köra moped med en pizzakartong under hälarna hade han gjort förr, så det var inga problem. Däremot metspöet som var en och en halv meter långt i hopfällt läge, var värre. Han provade många varianter innan han helt enkelt stoppade det innanför jackan med över en meter som stack upp som en antenn bredvid sin hjälm.

Det var irriterande, särskilt när han skulle titta åt höger, men det fick gå tänkte han, det skulle ju bara ta några minuter att köra ner till hamnen härifrån. När han kommit ner dit kände han att vinden friskade i ordentligt. Det kunde bli ett problem om segelbåten gungade mycket och han skulle skjuta Scott, tänkte han bekymrat. Ett annat dilemma var att solen stod ganska lågt och speglade sig i vattnet så att den blev extra bländande. Som väl var hade han solglasögon på sig nästan för jämnan, så även idag. Den grå baseball-kepsen som låg i mopedens förvaringsutrymme under sitsen borde också vara perfekt att ha på sig, tänkte han, medan han parkerade. Han stod kvar lite och funderade på om han hade kommit ihåg allt. Det enda han kom på var att han inte hade någon mask till bete, men fiskasen får väl nöja sig med lite kebabkött, tänkte han och log. Och skit samma om de inte gillar betet, jag har ju ändå inte kommit hit för att dra upp en massa fisk, sade han för sig själv och skrattade rått. När han gick ut på bryggan kände han glocken med ljuddämpare slå mot benet i sin högra benficka. Det här är ju livet, käka pizza, sola och meta. Och så, förstås, skjuta en typ man inte tycker om och samtidigt tjäna en massa pengar, tänkte han och log för sig själv.

Mohammeds äldste son hade stått och rökt en joint när han sett något misstänkt. När han tittat ner från balkongen på åttonde våningen hade han några hundra meter därifrån sett tre av polisens piketbussar stanna. Ur fordonen hade minst femton poliser med skottsäkra västar och vapen klivit ur.

De hade delat upp sig i fem grupper och efter en kort genomgång hade de gått mot olika husingångar. När han fick se att två grupper gick mot ingången där de befann sig, skyndade han sig in till de andra och skrek att snuten var på ingång. De flesta av de sexton som fortfarande var kvar i lägenheten var dock så påtända och berusade efter bröllopsfesten att de inte fattade vad som var på gång. Mohammed som tagit det lugnt den senaste natten och var hyggligt återställd, vrålade att alla droger måste spolas ner. Alla vapen som fanns hos dem var det värre med, dem skulle polisen utan större svårigheter hitta. Han förbannade sig själv för att de inte använt handskar när de hanterat vapnen, för nu fanns det säkert mängder av fingeravtryck på dem. När några av de som var minst utslagna samlat ihop det mesta amfetaminet och heroinet dök nästa problem upp. Någon jävel hade låst in sig på toaletten och somnat! Mohammed hörde nu hur det ringde på dörrklockan samtidigt som han kände att huvudet höll på att sprängas av huvudvärk. På diskbänken och i diskhon var det precis fullt med smutsiga tallrikar, glas och bestick. Att snabbt få undan tillräckligt mycket för att kunna spola ner något var omöjligt, insåg han. Mohammed skickade ett textmeddelande så fort han kunde till dem som ingick i hans grupp för att förvarna dem. Han visste inte exakt vilka som gått hem till sitt och festat vidare men han hoppades att så många som möjligt av dem skulle komma undan från polisens tillslag. I ett sista desperat försök att göra sig av med drogerna kastade de ut så mycket de samlat ihop från balkongen. Till allt elände såg de att de filmades av en polis som stod kvar därnere.

Det var ett lyckat tillslag, sade piketchefen vid genomgången senare på eftermiddagen. Flera personer var anhållna för vapen och narkotikainnehav. De hade dessutom tagit fyra personer som inte haft uppehållstillstånd i Sverige. Markus Jansson var dock lite besviken och oroad. Två av Abdullhas bröder och några av hans kusiner var spårlöst försvunna. Markus förmodade att de skulle göra allt för att ge tillbaka.

Vältajmat, tänkte han när han tuggat färdigt på den sista pizzabiten och tagit några klunkar byxvarm Zingo. En bit ut såg han en segelbåt som borde kunna vara Scotts närma sig åt det hållet där han satt och väntade. Han tackade sig själv för sin egen smarthet att han hade ett par riktigt bra solglasögon på sig, för nu sken solen med intensiva strålar rakt från det håll som båten kom. Utan dem och kepsen hade jag inte sett ett smack, tänkte han. Solglasögonen var visserligen stulna av en tönt på jobbet men det gjorde dem ju inte sämre, tänkte han vidare och log. Plötsligt hörde han en båtmotor lite snett bakom sig starta. Nät han vände sig om såg han en gubbe med en rullbytta, förmodligen en norsk snipa av märket Risör. Åskådare var väl det sista han önskade sig när han skulle skjuta Scott så han hoppades att gubben skulle dra iväg illa kvickt med sin båt. Segelbåten hade nu mindre än hundra meter kvar till bryggan och nu såg han tydligt att det var Scott som var på båten. Gubbens båtmotor gick fruktansvärt ojämt och för att hålla den vid liv drog han på full gas bakåt ut från bryggan. När han kommit ut en bit och skulle åka framåt dog motorn. Efter några försök startade den igen och gubben drog på för fullt framåt och båten ökade farten riktigt snabbt. Motorn verkade bara trivas och fungera bra om den fick gå för fullt, vilket gubben tydligen visste. Att det endast var tre knop som gällde i hamnområdet verkade han skita fullständigt i, för han var säkert uppe i maxfarten runt tio knop redan. Bra, då hinner gubben iväg en bit när jag ska skjuta, tänkte han, lade ifrån sig metspöet och reste sig upp. Han tog försiktigt ner högerhanden i benfickan och greppade pistolen medan han kände att pulsen steg. Om några sekunder borde Scott vara inom räckhåll för att skjutas, när han plötsligt hörde röster inne ifrån land. När han tittade efter vad det var, såg han en barnfamilj med en massa packning som var på väg mot bryggan där han själv stod. Han bedömde dock att det skulle vara fullt möjligt att få iväg en välriktad kula och sedan snabbt ta sig därifrån innan de kom ut. Lite typiskt bara att barnfamiljen förmodligen skulle lämna ett hyggligt bra signalement på honom till polisen när de kommit längre ut på bryggan och sett vad som inträffat. Han tog ett djupt andetag medan han försiktigt tog upp glocken och siktade på Scott som nu var mindre än tjugo meter ifrån honom. Sedan ställde han sig lite mer bredbent och andades ut hälften av luften innan han höll andan. Scott stod upp på skarndäck och plockade i ordning seglen, så han var en ganska bra måltavla utan att veta om det. I samma sekund som hans finger pressade in avtryckaren kände han att bryggan gungade till kraftigt. Det var gubbens fullgaskörning med snipaset som rivit upp stora vågor som nu fick bryggan i gungning. Dessutom gungade nu segelbåten rejält efter att ha mött gubben som utan hänsyn plöjt vidare ut därifrån.

Kulan gick nästan iväg ljudlöst tack vare ljuddämparen. Han såg Scott ramla ner från skarndäck till durken och antog att kulan hade träffat. Tyvärr kunde han inte stanna kvar och se efter för nu hörde han att barnfamiljen kommit ut en bit på bryggan där han stod. När han böjde sig ner för att ta upp metspöet släppte han samtidigt ner pistolen i vattnet, innan han började gå därifrån. Han vek upp kragen på jackan och drog ner kepsen så mycket han kunde för att skyla sig. Killen i sexårsåldern frågade om han fått någon fisk när de möttes och då svarade han att han inte fått något alls utan att den fanns kvar till honom. Föräldrarna log lite generat åt sonens frispråkighet medan han själv skrattade åt det hela för att det borde vara det som skulle verka minst misstänkt. Några steg senare kände han att bryggan gungade till samtidigt som det hördes ett brak bakom honom. Han antog att det med all sannolikhet var segelbåten som herrelös dundrat in därute men låtsades inget om utan gick med bestämda steg vidare.

Båtplatserna närmast land var så grunda att där bara låg små öppna båtar med litet djupgående. I en av dessa slängde han i sitt metspö för att bli av med det, och alltid gör man väl någon lycklig för att han hittar det nästa gång han ska ut och åka båt, tänkte han. Några meter ifrån sin Sym-moped blev han lite orolig att den inte skulle gå igång direkt, för den kunde vara lite svårstartad ibland. Som väl var startade den på första försöket och han åkte nöjt iväg därifrån. Aldrig får man vara riktigt glad, tänkte han när en polis vinkade in honom till en kontroll som upprättats längs hans hemväg. Han fick blåsa och visa sitt körkort och så långt var allt okej.

Sedan började polismannen intresserat titta på mopeden och upptäckte en hel del fel. Ingen belysning fungerade och den saknade den obligatoriska registreringsskylten som måste sitta på EU-mopeder. Dessutom var handtaget till bakbromsen borta vilket sammantaget gjorde att han inte fick fortsätta färden och köra därifrån. Om den var trimmad var inte fastställt än, men det skulle klarna när polisens tekniker tittade på den i sitt garage, förklarade polismannen och beslagtog mopeden. Vidare berättade polisen att åklagaren fick avgöra om det skulle bli körkortsåterkallelse en tid, för nu hade de kommit på att mopeden inte var trafikförsäkrad heller. Med sänkt huvud gick han därifrån och försökte se något positivt i det hela. Det enda han kom på var att det snart ändå var dags att ställa av motorcykeln för vintern och till våren skulle han fått tillbaka körkortet igen. En grej till som var bra i allt elände var ju också att han skulle få femtiotusen kronor till inom ett dygn, tänkte han och log. När han kommit ett hundratal meter därifrån vände han sig om och såg då att poliserna hastigt drog därifrån med sirenerna på. Förmodligen var de på väg ner till båthamnen där han nyss dödat Scott, tänkte han.

Kapitel 5

De båda polismännen som avbrutit trafikkontrollen åkte snabbt ner dit de blivit larmade. På plats möttes de av en hysterisk mamma som försökte lugna sina skrikande barn. -Min man är längst ut på bryggan, han har hittat en död person i en segelbåt!, skrek hon. Ambulans var också tillkallad och hördes nu närma sig. Ute på bryggan såg poliserna mannen förtöja segelbåtens för, så att den inte skulle glida ut igen. När de klev ombord såg de Scott som låg i en blodpöl på durken. Ambulanspersonalen var nu också på plats och konstaterade att han hade puls. När de tittade närmare på honom såg de ett öppet sår i bakhuvudet som blödde ymnigt. De kunde inte se några andra skador på honom och inget verkade vara brutet. När de förband såret så vaknade Scott till efter att ha varit medvetslös ett tag. Han sade att när de mött en snipa som rev upp rejäla svallvågor så hade segelbåten krängt till. Då hade han tappat balansen och ramlat, sedan mindes han inte mer, berättade han.

Plötsligt frågade Scott som nu blivit lite klarare i tankarna var hans fru Louise var någonstans, för han kunde inte se henne. Poliserna och ambulansmännen tittade med oroliga blickar på varandra innan de började leta efter henne. När de öppnade ruffdörren hittade de bara en blodhund men ingen Louise. Däremot när de tittade i vattnet så såg de henne blödande klamra sig fast i badbryggan i aktern. Hon verkade väldigt medtagen och jämrade sig. Jag är skjuten, hur går det med mitt barn, hörde de henne med svag röst fråga.

När de försiktigt lyft Louise till bryggan såg de ett hål i magtrakten på hennes flytväst. De förband henne snabbt och körde sedan i ilfart till Södersjukhusets akutmottagning, för nu var Louise inte vid medvetande längre och hon hade bara svag puls. Scott följde med i ambulansen medan barnfamiljen lovade att ta hand om blodhunden Henrik så länge.

Förvånade och besvikna tog Maria och Henrik en flygbuss från Arlanda in mot Centralstationen. De hade tittat efter Scott och Louise i ankomsthallen utan att se dem. När de försökte ringa kopplades det ifrån varje gång så det var också lönlöst. De hade haft en kanonvecka på Teneriffa men nu var all glädje som bortblåst. Maria kände på sig att något obehagligt hade hänt och funderade på vad det kunde vara.

Polisen hade begärt förstärkning och spärrat av bryggan och delar av parkeringen. De hade av mannen som larmat fått veta att de mött en person med metspö på bryggan. De hade även iakttagit att han hade åkt iväg på en EU-moped som de kunde beskriva väl. Detta kom sig av att deras sexårige son varit väldigt intresserad av den och ville provsitta på den. När polisen frågade om de lagt märke till registreringsnumret på den så sade de att den saknade en sådan skylt. Alltmer började de misstänka att det var gärningsmannen som de nyligen hade stoppat i trafikkontrollen och tagit hans fordon i beslag. En nästan urdrucken burk Zingo som de hoppades de skulle finna fingeravtryck på togs med för analys till stationen.

41

Precis när Henrik och Maria steg av flygbussen på Centralstationen ringde det på hans mobiltelefon. Det var Scott som med uppriven röst berättade vad som hade hänt. Han sade att läkarna höll på att operera Louise fortfarande och att han inte visste hur det skulle gå för deras väntade barn. Han bad dem komma till sjukhuset så de kunde få en nyckel till lägenheten och där hämta bilnycklarna till sin BMW. Maria fick tag på en taxi direkt men det dröjde ändå ganska lång tid innan de var framme vid sjukhuset. Mycket berodde det på alla asfalteringsarbeten som utfördes och som skapade kilometerlånga köer. Egentligen behövde de ta sin bil och åka till bostaden i Nyköping redan under natten, för Maria började jobba redan klockan nio nästa dag. Väl framme så var Scott upptagen med samtal med ett par poliser som höll på med utredningen av vad som hade hänt. De var tvungna att först och främst ta reda på om det kunde uteslutas att Scott på något sätt var inblandad i skjutningen av Louise. På grund av att han tidigare var straffad så skedde detta med automatik vilket höll på att driva Scott till vansinne. Dessutom hade han en fruktansvärd värk i bakhuvudet där de fått sy några stygn efter att han ramlat i båten och slagit sig. Detta tyckte han dock var som en piss i havet. Det som höll på att göra honom tokig var att hans fru låg på operationsbordet och att han ännu inte fått veta hur det stod till med henne eller deras väntade barn.

Markus Jansson hade gått av arbetspasset på söndagskvällen klockan åtta.

Trots att det varit en ganska normal dag på jobbet, husrannsakning, butiksrån och omhändertagande av drogpåverkade, så kände han sig lite sliten och orolig. Han funderade en hel del på om hans kumpan hade fixat Scott men ville inte ringa och kontrollera. Istället beslöt han att försöka stå fast vid att det fick vänta till måndag eftermiddag då de ändå skulle höras av och träffas. Han frågade Marie när han kom hem om de skulle ta en kvällspromenad i den närliggande parken och det gjorde hon gärna. Han fick allt oftare tandvärk men trodde att det berodde på att han gnisslade tänder. All stress och de höga kraven som ställdes på honom på jobbet var förmodligen orsak till detta. De satte sig en stund på en bänk, och konstigt nog kändes bänken ljummen trots att det började bli svalt i luften. Att solen kommit åt att skina på den hela dagen var nog en rimlig förklaring, tänkte Markus utan att säga något. Han såg på Marie att hon verkade orolig och såg ut att vara lite illa till mods. Han anade vad det berodde på, så han kände att han inte behövde fråga. Med all sannolikhet funderade hon på om det skulle hända fler gånger att någon förföljde henne eller stod och spanade på henne på arbetet. För att lugna henne sade han som det var, att de gjort ett rejält tillslag mot de troliga förövarna tidigare under söndagen. Innerst inne kände han sig dock lite obekväm med att de inte lyckats ta alla. Några av dem gick fortfarande fria någonstans därute.

Piketchefen hade visserligen sagt att de inte skulle ge sig förrän alla i gänget var tagna till förhör. Men så var det det här med prioriteringar, för dåliga resurser gjorde ofta att saker och ting inte alltid fullföljdes.

Henrik och Maria hade lånat nyckeln till Scotts lägenhet och åkt och hämtat nyckeln till sin BMW. De lovade att komma till sjukhuset igen en sväng innan de var tvungna att fortsätta ner till Nyköping. När de kom tillbaka hade en läkare kommit ut från operationssalen och pratat med Scott. Han hade sagt att de gjorde allt för att det skulle gå bra med hans fru och barnet men att det var för tidigt att säga något. Louise skulle hållas nedsövd och föras till intensivvårdsavdelningen under natten. Läkaren erbjöd Scott en säng i korridoren för det var fullt överallt i alla salar. Han sade också att det var viktigt att han försökte sova en stund och att han skulle få sömntabletter om det behövdes. Scott ville egentligen inte sova i korridoren men kände att han inte hade något val, så han tackade ja till erbjudandet. Han ville absolut vara nära Louise och stötta henne på alla vis om det gick.

När Markus och Marie kom tillbaka från kvälls-promenaden bestämde han sig för att kontrollera med polismyndigheten om vad som hade hänt i distriktet under söndagen. Han var angelägen om att få veta om Scott var bortröjd samt om de i så fall hade tagit någon gärningsman. Markus hade en bra kontakt på jobbet som han visste satt inne med sådana uppgifter och som inte hade något emot att delge honom dem. Visst, här har vi en Scott som är svårt skottskadad, hörde Markus i sin telefon. Hon var visst gravid och heter Louise, tillade kontakten. När Markus frågade hur det gått för Joakim Scott fick han till svar att han blivit sydd i huvudet efter att ha ramlat och slagit sig. Man hade inte gripit någon misstänkt gärningsman ännu, men det fanns tydligen en person som man var angelägen att komma i kontakt med. Det var en man född 1970 som hette Anders Svensson som var efterlyst efter att man bland annat funnit en halvt urdrucken burk Zingo vid brottsplatsen med hans fingeravtryck. Det var också troligt att hans moped av en tillfällighet hade beslagtagits vid en trafikkontroll och möjligtvis hade Anders använt den när han avlägsnade sig från hamnen. Något motiv till varför Anders Svensson skulle vara inblandad hade man inte. De hade dock fått fram att Anders och Scott suttit på samma anstalt förra vintern samt att de var anställda av samma företag, Stockholms lokaltrafiks bussvård omåde syd. Det är vad som har framkommit i nuläget, sade kontakten och väntade på att Markus skulle säga något.

Markus kände hur han började svettas och att hans hjärna gick på högvarv men han kunde ändå inte riktigt ta in vad han precis hade hört. Efter några långa sekunder tackade han för hjälpen och lade på.

Marie hade redan gått och lagt sig när Markus kom in i sovrummet. Han sade till henne att han skulle gå med henne till jobbet på måndag morgon och om någon jävel följde efter dem så skulle han skjuta den fan på fläcken. Marie visste inte om hon direkt kände sig lugnare av det Markus just berättat men visste att det inte var lönt att säga något till honom när han var så här arg. Hon anade att han tog tabletter ibland som gjorde honom helt vansinnig för det allra minsta, och det sista man ville då var att komma i vägen för honom.

Anders Svensson hade ungefär en halv kilometer kvar till sin lägenhet när han plockade fram sin mobiltelefon för att se på nyheterna om det stod något om skjutningen av Scott. Han kunde konstatera att det förmodligen hade gått för kort tid för det fanns inget om det ännu. När han kände på ena bröstfickan att den tjocka sedelbunten låg som den skulle, tänkte han på hur bra det skulle kännas med en likadan till inom ett dygn. Plötsligt slog det honom att han glömt den fördömda burkdrickan på bryggan när han fått bråttom för att barnfamiljen dök upp. Tusan också, polisen kommer ju hitta mina fingeravtryck på den med en gång, tänkte han och kände paniken komma. När han kom närmare sin lägenhet såg han att allt verkade lugnt, men antog att det bara rörde sig om en tidsfråga innan polisen skulle dyka upp för att plocka in honom. Han tog sig snabbt in och hämtade det viktigaste, motorcykelnycklarna och drogerna. Hans plan var att sova över i motorcykelklubbens lokal där han även hade sin Harley Davidson parkerad. Det var bara tio minuters gångväg dit och på vägen passade han på att plocka ut mer kontanter från en bankomat. Tidigt på måndagsmorgonen tänkte han besöka Markus Jansson för att få med sig de återstående femtio tusen kronorna och sedan dra iväg. Det smartaste borde vara att dunsta till något säkert ställe några veckor och tänka ut ett hållbart alibi för händelsen på bryggan. Hur det skulle gå till hade han ingen aning om i nuläget, men av erfarenhet hade han lärt sig att inte ge upp, en lagom korrumperad advokat kunde göra underverk.

Under natten till måndagen hade polisens tekniker faställt att fingeravtrycken på burkdrickan och den beslagtagna EU-mopeden tillhörde Anders Svensson. På grund av att det kunde röra sig om mord eller mordförsök på Louise Scott, beslöt man sig för att genast plocka in den misstänkte gärningsmannen. På adressen där han var skriven fanns han dock inte, så man beslutade att efterlysa honom. Hyresvärden och arbetsgivaren ombads att omedelbart kontakta polisen om de fick syn på honom. När det ljusnade skulle en dykare söka efter skjutvapnet som använts, i området kring segelbåten. Man var också angelägen av att komma i kontakt med ägaren till snipan, en Risör 27, för att höra om han gjort några iakttagelser när han gick ut med sin båt.

Efter en i det närmaste sömnlös natt steg Markus upp för att följa med Marie till hennes arbetsplats. För säkerhets skull stoppade han in sitt tjänstevapen innanför bältet till sina byxor. Han hade kontrollerat att den var laddad medan han druckit ur det sista ur en stor och stark mugg kaffe. Han visste att man i sådana här lägen bara fick en chans och att det gällde att skjuta först och fråga sedan för att nå önskat resultat. För att vara fullt fokuserad och orädd tog han en tablett som innehöll amfetamin. När de gick ner för trapporna till porten kände han sig osårbar och var redo att lösa alla problem som eventuellt kunde tänkas dyka upp. Nere på gatan satt Anders Svensson på sin motorcykel och väntade när Markus och Marie kom ut. Han sade att det var viktigt att han fick snacka med Markus direkt. Marie undrade vad det var som var på gång, men Markus bad henne gå före lite, så skulle han komma ifatt snart.

Marie fick för allt i världen inte höra vad det gällde för då skulle det vara slut mellan dem, tänkte Markus. När Anders berättade att han ville ha de återstående pengarna direkt, blev Markus vansinnig. -Du har ju skjutit hans gravida fru istället, så det är du som skall ge tillbaka de femtio tusen kronorna du fick av mig, sade Markus och drog upp tröjan lite för att visa att han var beväpnad.

Anders skrattade rått och sade; om du dödar mig här och nu kan du räkna med att hamna i fängelse, kanske livstid till och med. Markus visste att Anders hade rätt på den punkten, så han bad honom försvinna därifrån och aldrig mer visa sig där igen.

Anders startade, lade i ettans växel och drog högljutt därifrån. Han hoppades verkligen att Louise skulle klara sig och inte dö. Om hon dog och det kom fram att han mördat henne skulle han förmodligen få ett riktigt långt fängelsestraff. Han märkte på sig själv att han egentligen var för uppriven för att köra motorcykel, han upptäckte andra trafikanter sent och var nära att köra in i ett räcke på ett ställe. Efter ett par kilometer bestämde han sig för att stanna och äta frukost och tanka. Sedan var planen att bege sig söderut till Helsingborg, där han var god vän med ett par knuttar. De hade tidigare sagt att han fick komma och hälsa på om han ville och sova över i deras klubbstuga. Innan han åkte vidare skickade han ett textmeddelande till sin arbetsgivare där han skrev att han stukat foten och satt på akuten, samt att de inte skulle räkna med honom den närmaste veckan.

Markus Jansson var urförbannad när han rusade efter sin fästmö Marie för att hinna ifatt henne. Han tyckte det var konstigt att han inte såg henne, men tänkte att hon kanske blivit sur på honom och rusat iväg till jobbet själv. Väl framme på förskolan där hon arbetade knackade han på dörren till personalrummet. När förskolechefen öppnade frågade Markus efter Marie, och hon började gå runt och titta efter henne. När hon kom tillbaka och berättade att hon inte setts till under morgonen började Markus bli riktigt orolig. Vart i helsike har hon tagit vägen, tänkte han.

Det hade inte blivit många timmars sömn för Scott i korridoren på sjukhuset. Ljuset hade varit tänt och personal hade hela natten rusat förbi till olika salar där larmknappar tryckts in eller för regelbundna observationer. Han hajade till när han satte sig upp i sängen och såg sig själv speglas i en fruktansvärt ful tavla på väggen mitt emot. Huvudet var som hämtat på en oljeschejk, tänkte han när han såg bandaget virat runt sin skalle.

Trots att han inte sovit så mycket kom han väl ihåg en dröm han haft. Han blundade och kände en fullständig lycka. I den hade han och Louise vandrat hand i hand på Maspalomas vidsträckta strand. I drömmen var de där på bröllopsresa och emellanåt stannade de för att Louise ville att Scott skulle få känna hur det sparkade inne i hennes mage. Vågorna rullade in från Atlanten på deras ben och det kändes som att sanden försvann under deras fötter.

Kapitel 6

En sjuksköterska klappade försiktigt på Scotts ena axel och frågade hur han kände sig och om han kunde gå och hämta frukost i matsalen själv. Innan han hann svara berättade hon att läkarna gick rond nu, men att de säkert skulle komma till honom efteråt och berätta hur läget var med Louise.

Scott kände en molande värk i magtrakten men som inte berodde enbart på hunger. Han hade visserligen inte ätit på snart ett dygn, men den här värken satt lite högre upp och var orsakad av dels oro men också ilska. Oro för att han inte visste hur det skulle gå för Louise och deras väntade barn, det var självklart. Men sedan var han riktigt förbannad också, på den jäveln som skjutit henne. Scott tvekade inte en sekund på att om han fick tag på den skyldige så skulle den personen ha andats för sista gången. Han visste med sig, och även de som kände honom, att han var otroligt impulsiv. I pressade situationer fattade han ofta snabba och ogenomtänkta beslut som i längden knappast var bra för honom själv. För andra resulterade det alltid i katastrof och lidande. Sedan flera år tillbaka hade han en pistol undangömd som inte ens Louise visste om.

Sjuksköterskan som väckt honom nyss kom emot honom med Louise mobiltelefon. -Det ringer nästan hela tiden på den här, du kanske vill kontrollera vem det är, sade hon. Förresten, läkarna är försenade så de dröjer nog någon timme till, tillade hon innan hon rusade vidare.

Scott såg att de sökt henne från snabbköpet där hon jobbade, så han ringde upp dem och sade att hon var på sjukhuset. De blev oroliga men hoppades att hon skulle bli bra. Han fortsatte med att slötitta lite på textmeddelandena hon fått, det var ett från hennes mamma samt ett från hennes syster. Sedan fick han syn på ett till vars nummer han inte hade sett tidigare. Det hade kommit i fredags och han stelnade till när han läste det. "Dags att säga adjö till Scott!", stod det. Han anade att det var sänt från en kontantkorts-telefon, annars vore det ju en fullblodsidiot som skickat det, tänkte han. Scott hade dock träffat en kille på sitt arbete förra sommaren som han hade lite kontakt med. Killen som hette Klas, var en riktig kung på allt vad det gällde datorer och telefoner och hade vid ett tillfälle berättat något intressant som kunde komma till nytta nu. Han kunde med stor träffsäkerhet spåra abonnemangslösa mobiltelefoner och veta dels när de användes men även lokalisera dem. Scott hade redan bestämt sig, han skulle spåra upp den som skickat textmeddelandet och radera honom från jordelivet.

För att kunna tänka något klarare gick han och hämtade frukost på en bricka. Han var inte pratsugen och ville inte höra någon halvdöings krämpor och besvär i matsalen, så han satte sig på sin sjukhussäng och åt. Han kände att det kliade i bakhuvudet där stygnen satt, men sköterskan hade sagt att bandaget skulle sitta på åtminstone en vecka. När han ätit färdigt gick han tillbaka med brickan och fyllde på en kopp kaffe till. Det syntes inga läkare än, så han plockade fram numret till Klas när han kommit till sin säng.

Han tänkte att det var bäst han höll sig i närheten av sängen så att personalen som gick ronden lätt skulle hitta honom. En sköterska gav honom ett par Alvedon för han hade fortfarande värk i bakhuvudet. Under tiden tog hon pulsen på honom innan hon gick till nästa patient. När Scott skickat iväg textmeddelandet till Klas som han hoppades kunde hjälpa honom att spåra sms:et Louise hade fått, lade han sig ner på sängen och somnade.

Mohammed och åtta av hans medarbetare i ligan hade fått tillbringa natten på polishuset. Det var inte första gången som han kom i kontakt med rättsväsendet, men det hade inte tidigare skett att han varit tvungen att stanna kvar över natt. Han kände sig fruktansvärt kränkt och trivdes inte alls med att inte kunna kommunicera med de övriga. Deras mobiltelefoner var givetvis beslagtagna och skulle fingranskas och att ropa till varandra på arabiska var lönlöst. Dels var cellerna väl isolerade och som om inte det var nog så hade de placerats i varannan för att den möjligheten inte skulle finnas. På förmiddagen skulle polisen hålla fler förhör med dem hade de sagt, men Mohammed tänkte inte säga något i väntan på att han fick en advokat.

Markus Jansson gick vägen från förskolan till deras lägenhet för att verkligen förvissa sig om att han inte gått förbi Marie någonstans. Ideligen ringde han till hennes mobiltelefon, men ingen svarade. När han kom hem och hon inte fanns där heller, ringde han sin chef och berättade att Marie var borta. Markus talade så ingående han kunde om vilka kläder hon hade på sig, och sade att tanken varit att de skulle följas åt till hennes arbetsplats. Han berättade att så fort de kommit ner på gatan så hade en knutte frågat om vägen till en motorcykelbutik. Marie hade gått lite i förväg för hon var redan sen till jobbet. Sedan när han var färdig med vägbeskrivningen och med snabba steg gick efter Marie så kunde han inte se henne. Piketchefen sade att som regel ville de alltid vänta 24 timmar innan de drog på med ett sökpådrag men han lovade att undersöka om det fanns möjlighet att dra igång tidigare. Han försökte lugna Markus genom att säga att det förmodligen fanns en naturlig förklaring till att hon var borta. Hon kanske sitter och fikar med någon gammal bekant hon sprungit på, eller något liknande, sade han och skrattade. Möjligt, men inte särskilt troligt, svarade Markus med en nedstämd och allvarlig ton. Piketchefen sade då att när Markus kom till jobbet om en halvtimme så skulle de gemensamt åka till motorcykelbutikens adress för att se om knutten som frågade om färdväg möjligtvis var inblandad i Maries försvinnade. Visst, det kan vi göra, svarade Markus med så hoppfull ton han kunde, trots att han visste att det var ett helt felaktigt antagande av hans chef.

Det skulle behövas minst tre tankstopp till innan han var nere i Helsingborg, räknade Anders Svensson ut när han satt sig på sin Harley Davidson igen. Det gjorde i och för sig inte så mycket att det var så liten tank på motorcykeln, för körställningen var allt annat än bekväm, så det var bara skönt att få gå av och sträcka på sig ibland. Nu var han åtminstone mätt och lugnare.

När Mohammed förts till förhörsrummet så fick han veta att hans son Amir hade babblat som en kärring på ett symöte och berättat allt som polisen hade frågat om. En bidragande orsak var troligtvis att han led av klaustrofobi vilket polisen hade utnyttjat. De hade sagt att han skulle släppas så fort han berättat allt de undrade över och därmed slippa vara kvar på polisstationen i den lilla cellen. Mohammeds advokat som nu hade anlänt suckade tungt när han fick höra vad Amir ställt till med. Han hade inte bara talat om var de fick tag på vapen och droger utan även noggrant talat om vilka köpare de hade. Advokaten begärde att förhöret skulle avbrytas så att han kunde överlägga mer med sin klient Mohammed innan det återupptogs. Han såg också till så att det blev likadant för dem som tagits in samtidigt.

Under tiden klev en lättad men något bakfull Amir ut från polisstationen och fyllde lungorna med luft som doftade lite höstlikt. Vinden var lite kylig så han vek upp kragen och började vandra hemåt. Allt eftersom han gick började han inse sitt stora misstag och vågade knappt gissa vad hans far skulle göra med honom när han kom ut. Att slänga sig framför tåget, ta en överdos heroin eller fly tillbaka till sitt hemland var tankar som for runt i hans hjärna. Han visste att han måste bestämma sig snabbt innan det var för sent.

Läkaren som höll i ronden lättade lite på Scotts bandage och sade att allt såg bra ut. Han kunde lämna sjukhuset under förmiddagen om han ville. Tillståndet för hans fru Louise och det ofödda barnet var dock fortfarande kritiskt.

Kulan hade varit nära att träffa barnet men det verkade som om det klarat sig. Om inget tillstötte så hoppades man att allt skulle gå bra men det var för tidigt att uttala sig om, fortsatte läkaren. Scott undrade om han fick gå in till Louise men läkaren sade att det inte var läge ännu.

En sköterska stannade kvar lite när de övriga fortsatte till nästa patient och sade att hon tyckte att Scott borde gå hem och vila ut. Det finns inga platser kvar i någon sal här, så den enda platsen vi kan erbjuda dig är just här i korridoren. Vi ringer direkt när det händer något och tillade hon, att vid många fall liknande det här så brukar patienten vakna upp inom något dygn eller två. Det viktigaste är att barnet inte träffats av kulan utan verkar vara helt oskadat, sade hon innan hon rusade ifatt de andra. Scott satt omtumlad kvar på sängkanten och försökte ta in all fakta som delgetts honom. Hans första klara tanke som producerades var att han stod fast vid sitt beslut att ta reda på vem som åsamkat dem detta. Oavsett hur det gick för hans fru Louise och deras väntade barn så skulle en gruvlig hämnd komma att ske. Risken att själv få tillbringa en tid i fängelse såg han bara som en halvtaskig biverkning som inte fick hindra själva gärningen. Om han inte gjorde upp med angriparen en gång för alla så skulle de förmodligen få dras med den jäveln i fortsättningen också, tänkte han. Först hade Scott tänkt vara kvar på sjukhuset under alla omständigheter så länge som Louise var kvar där. Men när han såg sig omkring i korridoren insåg han att han lika gärna kunde ta sig hem och vänta på att de skulle höra av sig, om läget förändrades.

I sängen längs samma vägg som hans egen låg en senil äldre man och bad att sköterskorna skulle hämta hans mamma. När de berättade för honom att hon varit död sedan över trettio år tillbaka så blev han tyst någon minut innan han frågade samma sak igen.

Scott försäkrade sig om att de hade hans telefonnummer innan han samlade ihop sina få tillhörigheter och gick därifrån. När han kom ut från sjukhuset ringde han till barnfamiljen som tagit hand om blodhunden Henrik under tiden. Det visade sig att de bodde i närheten så han frågade om han kunde komma inom en halvtimme och hämta honom. På vägen dit passade han på att köpa ett par godispåsar till barnen som tack för hjälpen att de varit hundvakt. Scott tyckte det var skönt att komma ut i den friska höstluften trots att han frös lite, mest om händerna och nacken. Huvudet var det dock inga problem med, runt det satt ett riktigt fett bandage lindat i flera lager. När han kommit några hundra meter så hörde han att han fick ett textmeddelande på telefonen. Det var från Klas, datanörden, som skrev att han gärna hjälpte till. Scott skrev och undrade om han fick bjuda på fika, kanske redan samma dag, hemma hos sig för han var ivrig att snabbt få reda på vad det var för en typ som skrivit hotet till Louise. Efter fyra i eftermiddag fick han till svar och det bestämdes att de skulle ses hemma i Scotts lägenhet. Niklas Ohlsson på SL:s bussvård syd var nästa person som skickade ett sms till Scott. Han undrade hur läget var så Scott ringde upp och sade som det var, att han själv var sjukskriven i fjorton dagar och att han var fruktansvärt orolig för Louise och deras efterlängtade barn.

Niklas Ohlsson sade att han förstod hur Scott kände sig och undrade om han kunde hjälpa till med något. Han hade av polisen förbjudits att tala om för Scott att de förmodligen hade en misstänkt gärningsman till mordförsöket, Anders Svensson som var anställd på samma arbetsplats. Polisen ville inte att Scott på egen hand skulle försöka ta lagen i egna händer och därmed förstöra utredningen.

-Om du orkar och vill får du gärna komma hit och ta en fika när du är sjukskriven, sade Niklas innan de lade på.

Det var blandade känslor som Scott möttes av när han kom fram till barnfamiljen. Henrik verkade överlycklig, hoppade runt och viftade på svansen medan barnen grät för fullt. De hade redan blivit överförtjusta i blodhunden och kunde gjort vad som helst för att få behålla honom. Scott gav dem var sin godispåse och undrade om de ville vara hundvakt fler gånger om det behövdes och det ville de gärna.

Innan han gick hem så tog han en promenad ner till hamnen också. Först och främst var han lite orolig för vilka skador segelbåten fått men också för att hämta deras Nissan som de parkerat där. När han kom fram såg han att stävstegen var rejält böjd men i övrigt kunde han inte upptäcka något. Om det hade varit värre så kändes det ändå inte som om det hade gjort någonting, det var ju ändå bara materiella ting. Det viktigaste var att allt gick åt rätt håll på sjukhuset.

Kapitel 7

För Markus Janssons fästmö Marie kändes läget helt hopplöst. Hon var rejält misshandlad och visste inte var hon befann sig någonstans. Hennes ögon var täckta med en bindel som satt så hårt att det kändes som om ögonen skulle pressas in i huvudet på henne. När hon försökte röra på sig så märkte hon att det inte gick. Hon satt fast i något, kanske ett vattenledningsrör där de förmodligen spänt fast henne liggande med buntband som skar in i hennes händer och fotleder. Det värsta var dock för tillfället att hon kände två av sina tänder fara runt i munhålan samt en vidrig blodsmak som hon inte kunde göra sig av med. Den ytterst starka vävtejpen någon satt över hennes mun gjorde att hon bara kunde andas genom näsan och knappt det heller, för hon kände att den blödde också. Desperat försökte hon skrika men det kom bara ett litet gnyende som inte hördes. Marie svimmade av igen och vaknade en stund senare med ännu en fasansfull insikt. Hon visste inte hur länge hon varit borta men det första hon lade märke till var att hon måste ha svalt sina två utslagna tänder hon haft i munnen. Hon försökte att inte gråta hejdlöst för det försvårade andningen genom näsan men kunde inte låta bli. Av syrebrist somnade hon in igen utan att kunna göra någonting åt det.

När Markus Jansson kom till polisstationen så hade piketchefen en genomgång av vissa fasta delar som deras arbetspass skulle bestå av. Sedan var det mycket troligt att det som vanligt tillkom något extra uppdrag.

Så mycket var ändå klart att skulle det ske någon spaning i ett så här tidigt skede efter Marie, så fick piketgruppen göra det om det blev tid över. Som väl var så hade piketchefen stått på sig och hävdat att det var ytterst viktigt att sökandet sattes igång omedelbart innan spåren hann att svalna. Han hade lyckats få bort det mesta av de fasta åtagandena till andra piketgrupper, det enda som kvarstod var skydd av räddningspersonal senare under dagen, om det blev larm i någon av förorterna. De skulle börja med att undersöka platsen där Markus hade blivit hejdad av knutten, för att se om det kanske fanns några spår efter honom där. Man hoppades på att finna exempelvis en fimp eller utspottad snusprilla som kunde avslöja hans identitet. På plats plockade man med vad man hittade inom en radie av 20 meter för att låta tekniker analysera om det gick att spåra något intressant. Man passade också på att fråga några av de närmaste grannarna om de iakttagit knutten och med en himla tur kanske ha sett registreringsnumret. Därefter tog de sig bort till motorcykelbutiken och förhörde sig om de haft besök av någon på en Harley Davidson, för så mycket hade Markus i vart fall hunnit se att det var. Försäljaren verkade trovärdig när han sade att det inte hade varit någon sådan där under förmiddagen vilket gjorde piketchefen ännu mer misstänksam mot knutten. Han trodde det varit en undanledningsmanöver att hejda Markus Jansson så att han inte kunde skydda Marie när hon var på väg till arbetet. Framåt eftermiddagen gav polisledningen med sig och avsatte mer personal i sökandet efter henne. Man började med att gå igenom bilder från kameror.

Dels sådana som satt uppsatta i närheten för övervakning vid köpcentrum och bankomater, men även de som satts upp för biltullar. Förskolans personal hördes också om även de lagt märke till de båda personerna som Marie berättat om för Markus.

När Scott kom hem till lägenheten var han helt utmattad och lade sig på soffan och somnade direkt. Några timmar senare väcktes han av att dörrklockan ringde. Det var Klas som stod utanför med en påse bullar. När de morsat på varandra satte Scott på en kanna kaffe och de började gå igenom vad som behövde göras. Klas hade ingen utrustning med sig men sade att han hade allt som behövdes hemma hos sig för att spåra var kontantkortstelefonens ägare befann sig.

När de i stort sett var färdiga ett par timmar senare, ringde det på Scotts telefon.

Okänd identitet, stod det på displayen, så han förstod direkt att det var från sjukhuset. Sköterskan som hette Marianne, sade att hon hade glada nyheter.

Louise hade precis vaknat upp och frågat efter Scott och någon som hette Henrik. Klas insåg att det var läge att ge sig av men sade att de kunde höras av igen inom några dagar. Innan samtalet ens var avslutat så hade Scott fått på sig en jacka och låst ytterdörren. Han var alldeles upprymd av att få träffa sin fru igen och hoppades att hon skulle bli helt återställd. På väg till sjukhuset ringde han sin bror Henrik för att berätta att Louise hade vaknat och var vid medvetande igen.

-Du ska se att allting går bra, sade Henrik lättad innan de lade på.

På sjukhuset möttes Scott av en medtagen men leende Louise. Läkare hade nyss varit inne hos henne och berättat att kulan gått rakt igenom utan att träffa några vitala organ. Fostret verkade vad man kunnat utläsa hittills av undersökningarna som gjorts inte heller ha tagit skada. Men, det hade varit med en hårsmån att han hade träffats av kulan, hade de berättat.

-Han, är det en pojke? hade Louise undrat. Läkarna hade sett lite besvärade ut av att ha avslöjat att det skulle bli en liten kille men hade skyllt på att det stått i journalen att Louise redan visste det. Louise tänkte först inte tala om för Scott att det var en pojke, men bestämde sig ganska snart för att berätta det för honom. Det gjorde ju inget egentligen, huvudsaken var att barnet inte på något sätt blivit skadat. Scott kramade om Louise lite försiktigt för han var orolig att slangarna som var kopplade till henne skulle fara ut.

Plötsligt kom Louise på att Scott hade ett stort bandage runt huvudet och undrade förskräckt om han också blivit skjuten. När han berättade att han fått sy i bakhuvudet för skadorna han fått när han ramlat ner på durken så lugnade inte det Louise det minsta, hon var fortfarande bestört och skämdes för att hon inte upptäckt bandaget direkt. En sköterska kom in och sade att Louise inte fick ta ut sig helt utan behövde vila, så de bestämde att Scott skulle komma igen nästa dag. De skildes åt efter en lång kyss och Louise bad honom krama om deras hund Henrik. Det var med lätta steg Scott vandrade till deras adress på söder. När han kom hem gick han en promenad med Henrik så han fick rastas och tänkte själv på mötet med sin fru på sjukhuset.

Han var överlycklig att det avlöpt väl för dem, det hade ju varit så ytterst nära att någon av dem dött eller fått skador för livet. Hans beslut stod dock nu ännu mer fast, han skulle gå till botten med vem som hotat dem och skjutit Louise. Han insåg att så länge den personen gick fri så kunde de aldrig få en lugn stund med varandra. Innan han somnade bestämde han sig för att ringa Klas direkt morgonen därpå. Han hade ju lovat att hjälpa honom med att lokalisera mobiltelefonen och dess ägare.

Anders Svensson älskade att gasa på med sin Harley Davidson när han passerade gamla gubbar och kärringar. När han i backspegeln såg dem hytta med näven åt honom log han och kände sig som en kung. Varje gång som motorcykeln skulle in på besiktning så monterade han dit original-ljuddämparen, men direkt efteråt bytte han till ett kort kromat rör som inte fick någon att tveka på om motorn var igång. Inne i Stockholmstrafiken var detta hur häftigt som helst men att ligga och pressa i motorvägsfart var en ren pina. Inte nog med det höga ljudet, röven tillsammans med händerna var dessutom helt bortdomnade av det förbannade vibrerandet. När han kom till en bensinstation vid Nyköpingsbro var han tvungen att gå runt och skaka på händerna i hopp om att få tillbaka lite känsel innan han kunde tanka. Det dröjde bara några kilometer tills arslet var bortkopplat från känselsystemet igen, och Anders undrade om han någonsin skulle kunna ta sig till Helsingborg. I Jönköping när det var dags för nästa tankstopp passade han på att äta en pizza.

Amir hade bestämt sig för att försöka fly landet. Han hoppades att hans pass låg kvar i nattduksbordet där det brukade ligga. I värsta fall hade polisen tagit med det under sin husrannsakan men det fick han se när han kom hem. Vad han skulle göra då visste han inte riktigt, det var ett senare problem som han hoppades han skulle slippa ställas inför. Hans mor kom och öppnade och undrade var Mohammed och de övriga var. Amir sade då att de var på väg och att de skulle komma snart. Innerst inne visste han dock att efter vad han hade berättat för polisen så var det troligt att de inte kom ut på ett bra tag. Förmodligen inte ens före årsskiftet. Som väl var hittade han sitt pass där det brukade ligga och packade snabbt ihop en ryggsäck med det viktigaste. Han hoppades att de inte spärrat hans bankomatkort för alla kontanter hade beslagtagits och låg inte kvar där de brukade. Eventuellt kunde han ta sig in i butiken de drev tillsammans och plundra kassan innan han åkte, vilket inte skulle göra så stor skillnad. Amir visste att han i all framtid skulle ha en dödsdom vilande över sig så länge han levde. Hans enda chans att överleva var att ta jobb i någon bergsby där ingen kände igen honom hemma i Iran, som boskapsskötare eller något liknande. Innan det var kväll satt han på ett flygplan till Egypten för att därifrån ta sig vidare till sitt hemland. Han hade bokat en charterresa till Hurgada på en vecka men hade inga som helst planer på att ta in på det bokade hotellet eller ännu mindre någonsin åka till Sverige igen. I Teheran kände han personer som kunde ordna med falska identitetshandlingar mot betalning. Han räknade med att det skulle lösa sig smidigt.

Markus Jansson kände att han behövde dra en lina kokain för att klara av att vara vaken. Nervspänningen, oron och ilskan tog hårt på krafterna. Deras ansträngningar att finna Marie hade inte gett någonting trots att det satts in mer resurser vartefter. Polisledningen hade meddelat att om spaningen inte gav något under natten så skulle en efterlysning gå ut över alla distrikt på tisdagsmorgonen. Undersökningarna av övervakningskamerorna efter den misstänkte knutten hade ännu inte gett något, men man hade en hel del material kvar att gå igenom.

En polis på spaningsavdelningen hade kommit på att det kanske var Anders Svensson som suttit på motorcykeln och pratat med Markus Jansson. I fordonsregistret hade hon sett att han stod som ägare till en fem år gammal Harley Davidson. När bilder på Anders visades för Markus så låtsades han att han inte trodde att det var samma person men att det var svårt att se för knutten hade hela tiden haft hjälmen på sig. Markus ville inte under några omständigheter att det skulle komma fram att de kände varandra för då skulle med all säkerhet planerna på att likvidera Scott rullas upp. Lätt att det var bäddat för problem då, tänkte han och visste inte för stunden vad han borde göra för att motverka det.

En mil därifrån vaknade hans fästmö Marie till av att ett sugrör fördes in under tejpen över hennes mun. Vattnet smakade unket och hon ville kräkas men kom på att det kanske inte var vattnet det var fel på. Blodet orsakat av de utslagna tänderna var nog det som gav vattnet dess äckliga smak och konsistens, tänkte hon medan hon försökte hindra en kräkning.

Marie hade ingen aning om var hon befann sig eller vem som fört bort henne. Hon anade att det kunde ha något att göra med dem hon sett iaktta henne vid förskolan eller möjligtvis att det hade något med Markus jobb att göra. Att han ofta tog i för hårt mot de som inte gjorde som han ville kände hon väl till, och sådant kunde säkert slå tillbaka en dag, tänkte hon. Marie försökte känna efter vilka skador hon fått förutom de i munnen och den sönderslagna näsan. Hon trodde inte att något var brutet men det värkte nästan överallt i kroppen efter alla sparkar och slag hon fått. Det blev inte bättre av att hon låg på ett hårt, kallt och fuktigt källargolv. När hon fått i sig lite vatten så drogs sugröret bort och tejpen spändes fast igen. När hon grymtade till fick hon en spark som fick henne att tappa andan och hon vågade inte yppa ett ljud. Marie försökte trots smärtan höra någon säga något men den breda vävtejpen var spänd över hennes öron med. Lite mummel mellan två personer var det enda hon kunde urskilja. Hon visste inte ens om det var ljust eller mörkt där hon befann sig för ögonbindeln satt stenhårt över hennes ögon. Marie märkte att ju mer hon funderade på situationen, desto mer hopplöst verkade allting. Skulle hon någonsin komma härifrån levande, så ville det till ett under, tänkte hon uppgivet.

Mohammeds advokat meddelade honom att det hade beslutats att alla gängmedlemmar förutom Amir skulle häktas. Det spelade ingen roll att Amir inte sagt direkt till en åklagare vad han visste. Poilsen kunde hur lätt som helst angripa hela nätverket med hjälp av namn och platser han gett dem.

65

Allt för att själv släppas fri och komma undan. Mohammed tog hårt tag i advokatens arm och bad honom att kontakta hans bror i Enköping. Advokaten blev rädd och stammade undrande fram en fråga vad han skulle säga till honom. -Han ska leta rätt på Amir och döda honom, min familjs heder står på spel annars. Först när advokaten nickat jakande att han förstått sin uppgift släppte Mohammed taget om hans arm, men den dödshotande blicken hade han fortfarande kvar för att visa att han menade allvar. Plötsligt kände advokaten att greppet runt armen hårdnade igen. Mohammed tillade, att han skulle meddela att alla gängmedlemmar som var häktade skulle hålla käften, annars kunde de räkna med samma öde som Amir. När en polis tittade in i förhörsrummet och såg vad som pågick, frågade han advokaten om allt var i sin ordning. -Inga problem, vi är färdiga nu, fick han till svar. De skildes åt utan att säga något mer till varandra för blicken som Mohammed gav var tydlig nog.

Scott hade fått lov att ringa avdelningen där Louise låg på morgonen efter åtta, för att höra hur det stod till med henne. Efter sju signaler svarade en sköterska honom. Hon berättade att Louise sovit lugnt hela natten och att hon nyss vaknat. På förmiddagen skulle en del prover tas och en röntgen var också inplanerad, men efter tre var han välkommen att besöka henne. Scott tackade sköterskan och bad henne hälsa till Louise att han skulle komma på eftermiddagen. Direkt efter ringde han Klas och frågade om han kunde komma redan efter tio, för han var angelägen om att komma igång.

Klas svarade yrvaket att det gick bra, bara han tog med lite gott fikabröd. När Scott klätt på sig låste han ytterdörren och gick till bageriet ett kvarter därifrån för att köpa bröd. Sedan hade han en halvtimmes gångväg till Klas som öppnade direkt när han fick syn på Scott i titthålet i dörren. När de hade fikat förklarade Klas hur de skulle gå tillväga. Han trodde att utrustningen var för krånglig för Scott att klara av själv, så han erbjöd sig att följa med och hjälpa till. Klas hade redan under dagen innan sett hur mobiltelefonen färdats söderut från Stockholm på grund av att gps:en var påkopplad. Den hade stängts av på en adress lite utanför Helsingborg under natten. Om den fortfarande befann sig där visste de först om någon ringde från telefonen. Scott satt tyst och funderade ett tag innan han berättade om sin plan. Han hade visserligen hållit sig inom lagen länge nu, men för att lyckas med uppgiften var det tvunget med ett litet uppehåll. Han visste att Klas inte hade någon bil och Louises lilla Nissan Micra var inte heller lämplig att åka i. Han ville inte att deras upptåg skulle kunna spåras på någon kamera för biltull eller liknande så det fick bli till att stjäla en bil, tänkte han vidare. För att göra det ännu svårare för polisen att fastställa bilens identitet så tänkte han sno ett par registreringsskyltar från någon annan bil och sätta på istället. Han tänkte att de kunde bege sig mot Helsingborg efter att han besökt Louise på sjukhuset under eftermiddagen.

Kapitel 8

När Anders Svensson bara hade haft några mil kvar till Helsingborg hade han stannat och ringt till en av polarna som han kände på motorcykelklubben. Klockan var efter midnatt men de erbjöd sig ändå att åka och möta honom, för det var lite svårt att hitta dit, inte minst nu när det var mörkt. Han var hyggligt nöjd med resan, trots värk överallt så kunde det ha varit värre. Anders var tacksam för att han inte blivit stoppad i någon poliskontroll, för han anade att han var efterlyst. Sedan hade ju vädret varit perfekt också, inget regn och lagom varmt, tänkte han och log för sig själv. Efter en stund kunde han höra det mäktiga ljudet från ett par motorcyklar som närmade sig rastplatsen där han stod och väntade. När de morsat på varandra följde han efter dem till deras klubbhus som låg en bit från staden. Väl framme hoppades han att de skulle bjuda honom något att stoppa i magen, för nu var han verkligen vrålhungrig. Och mycket riktigt, på slafen han skulle sova i hade de ställt en platta öl som dög mycket väl för att dränka de värsta hungerskänslorna. Det sista han gjorde innan han slocknade var att sätta sin mobiltelefon på laddning, för den var nästan urladdad. När Anders vaknade framåt tolvtiden undrade de om han skulle med till Helsingör en sväng och handla. När han svarade att hans arsle var i för dåligt skick för att åka mer motorcykel på ett tag, skrattade de åt honom och sade att de alltid tog sin Ford-van när de skulle åka och handla, för att få med sig vad de behövde.

Louise var glad att Scott hade med hennes mobiltelefon till sjukhuset, hon kände sig mycket friare med den. Scott hade bestämt sig för att inget säga till henne om planerna att följa upp vem som skickat det hotfulla textmeddelandet till henne men försade sig. Han visste att hon skulle vara emot det, inte minst nu när de väntade barn. Scott försökte prata bort det men Louise märkte på honom att det verkade som att han redan hade bestämt sig. På grund av platsbrist så rullades en patient till in på Louises rum. De kände att de inte kunde prata ostört med varandra längre. -Om du gör något dumt är det inte säkert jag finns kvar för dig när du kommer ut, var de sista orden Scott hörde när han lämnade henne.

Scott var förbannad över hela situationen men tänkte att det blir bättre om ett tag när all skit låg bakom dem. Det skulle bli skönt när han likviderat den som skjutit mot dem och framförallt skulle det vara toppen när Louise kom hem igen. På sjukhusparkeringen såg han först ut en bil utan startspärr som var lättstulen innan han vant plockade av registreringsskyltarna på en annan bil. Han fick jobba ostört och kunde några minuter senare åka därifrån i en stulen och falskskyltad Opel Vectra. Bilens ägare skulle säkert inte alls bli glad när han kom ut och fick se att hans ögonsten var borta. Scott log nöjt för sig själv när han såg att bilen var fulltankad och bara hade gått sex tusen mil, trots att det var en tjugo år gammal bil. När han satte på stereon såg han att cd-spelaren var på gång, och strax ljöd Jussi Björling som en stucken gris ur högtalarna.

Scott åkte hem och hämtade Henrik och pistolen han hade undangömd, innan han körde vidare till Klas. Först hade han tänkt lämna hunden hemma men insåg att han behövde rastas långt innan han beräknade att vara hemma igen. Klas hade sagt att de kunde mötas på parkeringen utanför en matbutik vid hans bostad så de kunde proviantera lite. Det blev till slut tio Redbull, sex chokladkakor, en massa lösgodis och fem dosor med snus innan de gick till kassan för att betala. När de kom ut till parkeringen och Klas fick se bilen var han färdig att backa ur uppdraget.

-Menar du att jag ska pressa in mina 130 kilo i den där plåtlådan och åka över åttio mil med en dreglande blodhund i nacken, utbrast han frågande.

Visst svarade Scott, du får en chokladkaka extra av mig medan han öppnade passagerardörren åt Klas. När han hade satt sig tillrätta hörde han Scott säga att han kunde titta i handsfacket efter någon lämplig cd-skiva med bra musik på. Klas hittade inget passande, så det fick bli radion istället.

Under sommaren hade Louise kommit i kontakt med polismästare Östen Karlsson i Oskarshamn. Han hade talat om för henne att hon gärna fick ringa om hon kände att hon behövde hjälp med något. Hon hoppades att han fortfarande var i tjänst och inte hade gått i pension, för hon hade antagit att den började närma sig. Louise var så orolig för att hennes man skulle göra något dumdristigt så hon beslöt att ringa till Östen och rådfråga honom. Efter några signaler svarade Östen och hon berättade vem hon var och vad som hade hänt.

70

Östen lyssnade noga och hon förstod att han gjorde anteckningar under tiden. Polismästaren berättade sedan att han inte var kvar på ostkusten utan hade omplacerats till Skåne. Först hade han tänkt att gå i pension i förtid men sedan hade hans fru plötsligt gått bort i en stroke och då hade han ändrat sig och tagit tjänsten. Han bad Louise läsa upp telefonnumret som det hotfulla textmeddelandet hade kommit ifrån och bad att få återkomma.

Markus Jansson hade nu varit igång mer än ett dygn och sökt efter sin fästmö Marie, utan resultat. Han var ändå inte speciellt trött tack vare kokainet och några tabletter som innehöll amfetamin. Trots det så visste han att det var sömn i flera timmar som behövdes nu för att hjärnan skulle fungera tillfredsställande. Tog han mer droger nu skulle det synas på honom och det ville han inte. Han bad sin piketchef att höra av sig om de hittade henne innan han gick hem för att sova. Väl hemma somnade han med kläderna på och vaknade först ett halvt dygn senare av ett billarm som ljöd nere på gatan. Huvudvärken var enorm och han befarade att det var ett migränanfall på gång, men efter två muggar kaffe började han känna sig normal igen. Markus bestämde sig för att ringa till polisstationen och höra om de hade fått in några tips. När de svarade att det inte inkommit något nytt, kände han hjälplösheten och paniken komma inombords och han visste inte vad han skulle ta sig till. Nästa arbetspass för honom började om tre timmar så han bestämde sig för att gå till gymmet ett tag och träna en stund för att skingra tankarna lite.

Det hade bara gått en halvtimme sedan Louise pratat med polismästaren när han ringde upp henne. Han berättade att de hade spårat mobiltelefonen till en adress en bit utanför Helsingborg. Louise krävde att Östen skulle göra allt för att Scott inte skulle bli gripen och anklagad för något. -Det bästa är om vi kan ingripa innan det händer något, svarade Östen. En förutsättning för det är att du inte varnar din man om vår insats för då kanske han kringgår oss, tillade han med barsk stämma. Jag kan vara där inom ett par timmar och jag lovar dig att jag ska göra allt för att det ska gå bra, hörde hon honom säga innan de lade på.

Redan vid Nyköpingsbro var de tvungna att stanna för Klas behövde gå på toaletten. Under tiden passade Scott på att rasta Henrik som tyckte om att komma ut och sträcka på sig. Innan de åkte vidare gick Scott runt och kontrollerade att hjulen satt fast ordentligt, vilket de verkade göra. När den gamla Opeln kom upp i över ett hundra kilometer i timmen skakade det våldsamt i ratten, men det berodde förmodligen på obalans i något av framdäcken, konstaterade han. Okej, då är det ju mindre risk att jag somnar bakom ratten, tänkte han ironiskt för sig själv. När Klas en stund senare kom ut hade han köpt med ett stort ben till Henrik. Han hade tröttnat totalt på att Henrik satt och flåsade honom i nacken och hoppades att benet var lösningen på det problemet. Henrik blev så glad att när han inte tuggade på benet så satte han sig upp och slickade öronen på Klas i ren glädje. När Klas försökte ta benet från Henrik fick han känna ett rejält bett runt sin handled.

-Det är bara att gilla läget, sade Scott retfullt till honom och skrattade.

Efter en halvtimme somnade både Klas och Henrik medan Scott körde vidare. Emellanåt tog han en Redbull och lite choklad för att hålla sig vaken och fem timmar senare stod det Helsingborg 13 på vägskyltarna. Klockan hade hunnit passera midnatt och han kände att han var i stort behov av några timmars sömn. När han stannat på en rastplats stängde han av motorn, lutade tillbaka stolen så mycket det gick och satte på larmet på mobiltelefonen. Scott räknade med att kunna sova fram till halvfyra på morgonen och ändå hinna ta sig i närheten av den han förföljde i skydd av mörkret. Sedan skulle han invänta ett lämpligt tillfälle att skjuta honom och därefter ta sig därifrån. Scott hade inte skjutit någon person tidigare, bara haft pistolen i avskräckande syfte.

Plötsligt for en tanke genom huvudet på honom, vad i helvete höll han på med, skulle han verkligen kunna leva med att ha dödat en människa? Snabbt var dock tanken tillbaka som försvarade handlingen, det gällde ju att till varje pris skydda sin fru och deras väntade barn från att mördas, tänkte han. Om han blev ertappad efteråt var en risk han fick ta och förhoppningsvis skulle Louise finnas kvar för honom när han blev fri trots att hon hotat med motsatsen. Scott hade svårt att somna, om det berodde på drycken eller oron visste han inte, men han blundade och försökte vila sig så gott det gick.

När Louise vaknade klockan åtta på kvällen efter några timmars sömn stod det en bukett blommor vid hennes säng. De var från hennes mamma som lämnat dem där en stund tidigare och skrivit att hon skulle komma tillbaka nästa dag för att träffa henne. Louise orkade inte förklara en massa för sin mamma på telefon, utan skrev bara ett textmeddelande där det stod tack. Hon var fruktansvärt orolig för vad Scott tänkte hitta på och efter mycket tvekan rinde hon till Östen Karlsson för att fråga hur det gick. Polismästaren berättade att han satt i bilen och var på väg till Helsingborg för att själv kunna styra upp sökandet som han önskade. Han försökte lugna Louise så gott det gick och tog hennes oro på största allvar. Lugnande sade han att om inte Scott gjorde något dumt innan de kom fram så skulle allt lösa sig. Scotts kumpan är inte den ende som har möjlighet att spåra kontankortstelefoner numer, det kan vi med. Vi kan dessutom spåra var hans pejlingsutrustning är belägen någonstans när den väl är påslagen. För tillfället är den avstängd men vi anser det som troligt att den kommer att sättas på imorgon bitti igen och då har vi dem som i en liten ask. Louise verkade lättad av att Östen kom med lite lugnande besked och sade att det var osannolikt att han skulle vara i närheten av där Scott höll på att klanta till sig. Polismästaren skrattade och höll med, för han hade redan tröttnat på tjänsten i Skåne och sökt sig till Rikspolisstyrelsen i Stockholm och fått besked för några timmar sedan att tjänsten var hans. De pratade vidare med varandra en halvtimme till innan de lade på. De kände båda att de byggt upp ett rejält förtroende för varandra.

Louise kände på sig att Östen skulle göra allt för att hjälpa Scott och hoppades innerligt att allt skulle gå bra.

Mohammeds advokat återkom redan samma kväll och berättade att han varit i kontakt med hans bror i Enköping. Att sätta munkavel på alla hans gängmedlemmar var dock värre, en del av dem hade fått en ytterst seriös advokat som var känd för att inte låta sig mutas. Mohammed tänkte ett tag säga att alla kan köpas för pengar, men hejdade sig. Han tänkte att egentligen så visste ju hans pojkar och deras kusiner vad som gällde redan. Var det någon som glappade med truten så skulle han hamna i en evig siesta, det hade han klargjort tidigare. Innan de skildes åt sade advokaten att brodern lovat att höra av sig när uppdraget var utfört. Mohammed hoppades att de skulle släppas fria i väntan på rättegången men hade inte fått det bekräftat än. Han förstod också att några av gängmedlemmarna, de som inte hade uppehållstillstånd, med stor säkerhet skulle hållas kvar i häktet för att kanske senare utvisas.

Henrik var en hund som inte skällde i onödan, vilket Scott var tacksam för när han tagit ut honom från baksätet på Opeln för att rastas. Klockan var bara tre på morgonen och det skulle dröja en stund innan det ljusnade. Det kändes på den svala och fuktiga luften att det började bli höst, tänkte han medan han hällde upp lite vatten i en hundskål. Ett par hundra meter därifrån kunde han skymta huset där han förmodade att målet befann sig. Först tänkte han satt tillbaka Henrik i bilen igen, men beslöt att istället ha honom ute.

I bagageutrymmet hittade han ett rep som var cirka tio meter långt och idealliskt att fästa kopplet i. Sedan band han fast repet i ett träd och lade ut en filt till hunden att ligga på, om han ville. Därefter tog han fram sin pistol som han haft liggande under förarstolen under färden ner till Helsingborg och laddade vapnet. Han tog på sig en medhavd rånarluva för att dölja bandage och ansikte. Kvar i bilen satt Klas så långt tillbaka lutad i sätet att det såg ut som om hans huvud var i baksätet. Han sov tungt trots att det blivit kallt och rått inne i kupèn under natten. Försiktigt smög Scott sig närmare huset för att se ut en bra plats att befinna sig på när solen gick upp och det blev ljust. I fickan hade han en chokladkaka och lite godis för att kunna dämpa hungerskänslorna som han var van vid skulle infinna sig framåt morgonen om han inte åt något. Utanför motorcykelklubbens hus stod tre Harley Davidson parkerade bredvid varandra. Om det drog ut för långt innan de kom ut tänkte han välta motorcyklarna för att väcka dem och få fart på dem inne i huset. Scott hade bara fått en skymt av skytten på bryggan som skjutit Louise innan han själv tappade balansen och ramlade, men var ändå övertygad om att han skulle känna igen honom. Var det fler som kom ut skulle han skjuta dem i benen om de inte flydde självmant, tänkte han. Bredvid det gamla huset låg en potatiskällare, som var en lämplig plats att invänta rätt tillfälle. Därifrån hade han även en dold flyktväg tillbaka till bilen, tänkte han nöjt för sig själv. Det halvmeter höga gräset uppe på potatiskällaren var perfekt, lagom mycket för att dölja honom helt men samtidigt inte tätare än att han skulle kunna se bra för att skjuta därifrån.

Lite efter fyra hade Klas vaknat i bilen och känt att han måste ut och slå en sjua. Väl ute såg han Henrik liggandes på en filt och förstod att Scott redan begett sig av bort till huset dit de lokaliserat mobiltelefonen. Innan han satte sig tillrätta i bilen igen, gav han Henrik hundbenet som låg i baksätet. Klas satte sedan på sin pejlutrustning för att se om mobiltelefonen fortfarande fanns i närheten. Gps:en var avstängd märkte han, så enda sättet att säkert fastställa om den fanns kvar var att ringa till den. Han tänkte dock vänta lite för att vara säker på att Scott säkert hunnit fram till sin position. Under tiden fick det bli en Redbull och en bit choklad för att piggna till lite.

En liten bit därifrån hade polismästaren och fem polismän till parkerat sina två fordon som de åkt dit i. Östen hade sett på gps:en hur det såg ut men önskade helst att det blev riktigt ljust för att kunna överblicka platsen. De kunde höra polishelikoptern de begärt dit närma sig för att med sin värmekamera fotografera området. Den skulle bara göra en överflygning för att inte väcka någons uppmärksamhet och sedan direkt skicka över bilderna till dem. Fyra av polismännen ingick normalt sett i insatsstyrkan och tog systematiskt på sig den skyddsutrustning som erfordrades för sådana här uppdrag.

Scott ångrade sig att han inte haft med sig en pläd att ligga på, för det daggfuktiga gräset gjorde honom redan blöt och frusen.

För att få bort obehagskänslorna smög han ner handen till sin ficka där han hade lösgodiset. Plötsligt hörde han en helikopter närma sig och flyga rakt över honom. Han vågade inte röra sig för mycket och riskera att han syntes, men kände sig tvungen att försöka se om det var en polishelikopter. Tyvärr hade den redan passerat när han tittade upp och han blev genast riktigt orolig. När det ljusnade lite mer såg Scott att det gick en ledningsgata precis där den flugit, så han hoppades att det bara skett en inspektion av den.

Redan en minut senare hade Östen och hans medarbetare fått bilderna översända. De kunde tydligt se en man liggande på en potatiskällare utanför huset som de antog var Scott. Man kunde även se en hund i närheten samt en parkerad bil med en person i. Man beslöt att dela upp sig i tre tvåmanna grupper för att kunna göra tre tillslag exakt samtidigt. Polismästaren sade att han var den som skulle avväpna Scott och det bestämdes att det skulle ske tjugotvå minuter senare, klockan 04:50. Ända till dess gällde radiotystnad och klockorna synkroniserades innan de delade upp sig för respektive uppdrag.

Mohammeds bror i Enköping hade fått reda på att Amir med stor sannolikhet hade flytt landet. Det var möjligt att det var en skenmanöver men inte särskilt troligt. Genom kontakter och påtryckningar visste de att Amir flugit till Egypten och det var ett rimligt antagande att han begett sig till Iran istället för att ha en solsemester.
Iran var fullt med lämpliga platser att hålla sig gömd på, men de hade goda kontakter med släktingar som befann

sig där och kunde söka efter honom. Dessutom visste de att Amir var en vanemänniska utöver det vanliga så han förmodades söka sig till områden han kände till, troligen uppe i bergsbyarna, resonerade man. Mohammeds bror skickade ner sina två äldsta söner för att informera dem de kände där nere och se till att uppdraget fullföljdes ordentligt. De fick med sig en stor summa pengar som belöning till den som lämnade uppgifter om var Amir befann sig.

Amir visste med sig att han var en vanemänniska och gjorde tappra försök att bryta mönstret. Likväl så hamnade han i en bergsby inte långt ifrån där han var uppväxt. Amir kände sig förföljd och tyckte att folk tittade extra mycket på honom, men visste inte om det berodde på inbillning. Hos en äldre man hade han fått jobb som boskapsskötare. Arbetet var inte så välbetalt men husrum och ett mål mat ingick, så han var tills vidare ganska nöjd. Egentligen trivdes han bättre här än han någon gång gjort i Sverige. Mycket berodde det på att de flesta insett att han var en svag person med dåligt självförtroende, vilket många utnyttjade genom att driva med honom. Han hade så länge han kunde minnas fått göra skitjobben och utnyttjats till sådant som ingen annan ville göra. En gång hade han hört sin far beklaga sig över att han fått en sådan mesig son som Amir, inte alls som de övriga, vilket tagit honom hårt. Länge hade han känt sig värdelös men med jobbet han hade nu trivdes han med att klara av något och slippa alla kränkande kommentarer.

Kapitel 9

Försiktigt plockade Scott fram pistolen som var inlindad i ett stycke tyg stort som ett örngott. Den var nu laddad och kliniskt avtorkad från fingeravtryck, och för att inte lämna några nya hade han ett par tunna handskar på sig. Han hade fått tipset från en medbrottsling för flera år sedan att aldrig ha ett vapen i närheten av sig som kunde spåras. Skulle man någon gång bli tvungen att fly en brottsplats där vapnet blivit kvar, var det i stort sett omöjligt för brottsutredare att binda någon till det om det inte fanns fingeravtryck eller DNA-spår.

Scott kände sig lite lugnare av att helikoptern inte gjort fler överflygningar och trodde allt mer att det verkligen var en inspektion av ledningsgatan som skett. Plötsligt hörde han ett ljud cirka femtio meter bakom sig som lät som en gren som knäcktes. Det var i princip vindstilla så antingen var det ett djur eller en människa som orsakat det. Scott andades med små korta andetag och lyssnade spänt för att höra om det var lugnt. För att höra bättre drog han upp rånarluvan så pass att ena örat hamnade utanför i förhoppning om att det skulle hjälpa. Efter några minuter orkade han inte vara på helspänn längre, utan slappnade av lite och trodde att det borde varit ett rådjur eller en älg som fått en gren att gå av.

Anders Svensson hade varit uppe flera gånger på toaletten under natten. Orsaken visste han väl om, öl rann i princip rakt igenom honom, och flaket som stått på hans säng ett dygn tidigare var redan tömt. Under kvällen hade hans advokat från tidigare mål ringt till honom och talat om att han var efterlyst av polisen för mordförsök på Louise Scott. Advokaten berättade att det bara var en tidsfråga innan polisen grep honom och han ville höra en del detaljer om skjutvapen, burkdrickan med fingeravtryck samt eventuella vittnen. Anders berättade att han släppt ner vapnet från bryggan och att han av misstag glömt en halvfylld burk Zingo kvar där. Vad det gällde vittnen så fanns det möjligen en man som haft sin båt, en Risör 27, på en bryggplats närmare land som kanske hade sett honom.

Advokaten sade till honom att göra sig av med mobiltelefonen omedelbart, samt på något sätt se till att kläderna han använt vid tillfället försvann. Dels kunde det finnas någon detalj på dem som ett vittne kände igen, men det var också av ett annat skäl som det var viktigt, det var möjligt att det fanns krutstänk på dem. Advokaten bad Anders återkomma om ett par dagar så skulle han se vad som gick att göra.

Direkt efter samtalet hade Anders tänt på i klubbhusets kakelugn och eldat upp såväl mobiltelefon som ytterkläder. Lägligt nog hade han haft med sig andra jeans och tröjor att byta med. När han tidigt på morgonen hört en helikopter flyga över på låg höjd trodde han det var kört. Nu hade det dock varit lugnt nästan en halvtimme så det kanske rörde sig om något annat, tänkte han.

Scott låg så stilla han förmådde och såg att det på allvar började ljusna. Det var dock bara himlen som var ljusare, på marken var det fortfarande skumt. För att se och höra bättre pressade han ut hela ansiktet och båda sina öron i öppningen på rånarluvan. Det var lättare att andas nu och han slapp en massa ludd i munnen som han fått tidigare. Trots att han var så uppmärksam som han kunde, hade han ingen aning om att polismästaren och en kvinna från insatsstyrkan stod mindre än fem meter bakom honom vid en berså och iakttog honom.

Klockan var nu 04:49 och samtliga tvåmanna grupper hade intagit sina positioner och var redo att slå till.

Östen Karlsson var trots sina många överkilon smidig som en vessla och smög ljudlöst fram med sitt skjutvapen riktat mot Scott, ifall han skulle vända sig hastigt om och skjuta. När tiden var inne lade polismästaren sin ena hand runt höger vad på Scott och tog ett fast grepp.

Samtidigt öppnades passagerardörren till Opel Vectran av en polis. Klas som slumrat till igen var helt oförberedd och ramlade ut, eftersom han hade lutat sig mot dörren. När han landat framstupa märkte han att någon tog ett polisgrepp på honom. En röst sade till honom att det var polisen och att han skulle vara helt stilla.

Att smyga sig in till Anders Svensson i klubbhuset var omöjligt trots att det inte ens var låst. Varje dörr som öppnades gnisslade och golvplankorna knakade så fort någon steg på dem. På något sett var det ju ofrånkomligt, tänkte Anders, kanske lika bra att få allt överstökat. Redan när polisen öppnade köksdörren på baksidan för att gå in, anade han att de skulle gripa honom. Sedan tidigare hade han lärt sig att inte säga något till polisen innan han rådgjort med sin advokat, vilket han tänkte hålla stenhårt på den här gången också. Anders gjorde inget motstånd utan satte sig långsamt upp i sängen och lät polisen sätta på honom handbojorna.

Östen som var en skämtfrisk man skrattade till när Scott vände sitt ansikte mot honom.
"-Vad i helvete, är det Drutten som ligger här, var har du krokodilen Gena?", frågade han och fortsatte garva.
Scott förstod först nu hur fruktansvärt löjlig han måste se ut. Med en uttöjd rånarluva över bandaget på skallen och öronen som stod rätt ut så förstod han mycket väl att polismästaren sett likheter från barnprogrammet som gick på sjuttiotalet. Pistolen hade han tappat ner utanför dörren till potatiskällaren när han känt Östen ta tag i hans ben. Samtidigt som Scott satte sig upp långsamt såg han att Anders Svensson leddes ut från huset av två poliser. Den kvinnliga polisen tog sig fram till Scott för att sätta handfängsel på honom när Östen sade att hon kunde hoppa över det. Hon tittade förvånat på polismästaren men invände inte. Östen satte sig bredvid Scott och sade att de skulle reda ut en del. Först ville han veta om Scotts fingeravtryck skulle finnas på vapnet som de förmodligen

83

snart skulle hitta. Både Östen och han tittade på Scotts händer med handskar på och förstod att så inte var fallet. Och, fortsatte polismästaren, så förmodar jag att du hävdar att du fått skjuts av en okänd person hit och att du inte hade en aning om att bilen var både stulen och falskskyltad? Scott nickade instämmande utan att riktigt förstå vad Östen var ute efter. Dessutom hade du rånarluva på dig för att inte frysa om huvudet när du åkt hit för att se om det fanns någon ovanlig sort av mullsork i de här trakterna, stämmer det? Scott nickade likadant innan polismästaren fortsatte med nästa fråga. Han undrade om det inte var läge för honom att skicka ett lugnande textmeddelande till Louise fast inte klockan var mer än fem på morgonen. Skriv att du åker med mig till Stockholm, jag ska upp och titta på min tjänstebostad klockan tolv idag, då kan vi turas om att köra. Med andra ord så kan du inte gripas för någonting olagligt. Lite ovanligt beteende att leta efter mullsorkar men absolut fullt tillåtet, sade Östen och garvade medan han reste sig upp. Under tiden hade den kvinnliga polisen hittat en pistol vid dörren till potatiskällaren. Fanns det inga fingeravtryck på den var det väl ett rimligt antagande att den tillhörde någon i motorcykelklubben, sade Östen.

Klas fick många frågor han inte hade en aning om vad han skulle svara på. Varför han satt och halvsov i en stulen bil så långt hemifrån och med indraget körkort var svårförklarat. Om hans pejlingsutrustnig var tillåten fick en utredning visa, tills vidare beslagtogs den.

På väg tillbaka till polisbilarna tog Scott med sig Henrik och frågade om det gick bra att hunden åkte med. Det skulle inte möta några hinder. Anders Svensson och Klas togs med i polisbussen för vidare förhör i Helsingborg medan polismästaren, Scott och Henrik fortsatte norrut. Redan efter en mil låg ett hotell där de gick in och åt en stadig frukost, medan Henrik fick vänta i den civila polisbilen så länge. Scott tänkte sno med några köttbullar till Henrik och hoppades att inte polismästaren skulle ha några invändningar. Det var dock inget som han behövde oroa sig om, för när de kom ut till Henrik så visade det sig att Östen plockat med en påse med pannkakor, köttbullar och prinskorvar till hunden. En stund senare fortsatte de färden mätta och belåtna mot Stockholm.

Mohammed hade blivit frisläppt samma morgon i väntan på rättegången som skulle hållas inom ett par veckor. Hans bror från Enköping väntade på honom i en bil när han kom ut. Under färden hem till Mohammeds bostad berättade han att hans två äldsta söner nu befann sig i Iran och var fast beslutna vid att så snart som möjligt finna Amir. Han visste inte om fler detaljer för tillfället men litade på att sönerna skulle utföra uppdraget och inte ge upp. Mohammed hade på polisstationen fått höra att tre i gänget som tagits in omedelbart skulle utvisas, medan den yngste som saknade uppehållstillstånd troligen kunde få asyl i Sverige på grund av att han bara var fjorton år. Hemma i lägenheten fick han av sin fru veta att polisen ännu inte fått tag på två gängmedlemmar som de sökte. När han fick veta att de kidnappat en sambo till en polis ringde han upp dem direkt.

Mohammed sade till alla som befann sig i rummet att gå ut, så ingen annan hörde vad han gav dem för direktiv.

Polisen som utredde försvinnandet av Markus Janssons fästmö hade inget spår att följa. Det spekulerades i om hon på något sätt råkat ut för en olycka, för man hade inte fått några krav på någon lösensumma eller att någon skulle släppas fri från en anstalt, vilket var vanligt i sådana fall. Markus Jansson själv hade inga teorier heller, men hade hört internt att Anders Svensson var gripen och misstänkt för mordförsök. Personligen trodde inte Markus att han var inblandad i försvinnandet av hans fästmö, men han var inte riktigt säker. Markus rådfrågade sin bäste vän Jonas om han tyckte det fanns skäl att tysta Anders Svensson för evigt. Själv ansåg han att det fanns mycket som talade för det, för framkom det av Anders under förhör att han fått femtio tusen kronor av Markus skulle han ligga riktigt illa till. Jonas sade att det var fullt möjligt att fimpa Anders men kanske helt onödigt. Med lite mer betalning till honom kanske han höll käften och allt var lugnt. Jonas lovade att se till att han fick prata enskilt med Anders så snart som möjligt, för att de skulle få veta var han stod någonstans.

Det var en skamsen Scott som stegade in till Louise på sjukhuset. Han hade tagit med ett fång röda rosor och hoppades att det skulle väga upp lite. Han förklarade att han känt sig tvungen så att de i framtiden skulle få leva i fred. Efter ett tag mjuknade hon lite mot honom och sade att det viktigaste var att han var oskadd.

Louise sade också att nu löste det sig förhoppningsvis ändå, polisen hade ju sannolikt gripit gärningsmannen så att han kunde ställas inför rätta. Scott undrade om läkarna sagt något om hur länge hon behövde vara kvar på sjukhuset, för han tyckte hon såg riktigt pigg ut. Hon berättade då att undersökningarna och röntgen som gjorts sett bra ut, så det var möjligt att hon kom hem före helgen. Jobba var dock inte aktuellt förrän tidigast om tio dagar, hade de sagt.

Scott sken upp och undrade om hon tyckte att de skulle hälsa på hans bror Henrik och hans fru Maria i Nyköping till helgen. De kommer säkert skämma bort oss och passa upp med det mesta, tillade han och skrattade. Louise var tyst ett slag innan hon svarade, men när hon tänkte på all god mat de brukade få där, så tyckte hon att det var en bra idè, för hon hade ingen lust att åka och storhandla så fort hon skrevs ut.

Marie vaknade till av att hon hörde dova röster närma sig, men kunde inte urskilja några ord eller ens höra på vilket språk de pratade. Plötslgt kände hon att vävtejpen vid hennes mun lättades och en slang trycktes in i munnen. När hon sög kom det vatten vilket var välkommet, för hon hade inte druckit på länge och var fruktansvärt törstig. Lika snabbt som slangen förts in drogs den ut igen och tejpen trycktes fast. Marie var inte säker på om det var mer eller mindre än fyra dygn som hon legat fastspänd så här, det enda hon med säkerhet visste, var att hon förmodligen skulle få men för livet av att ligga fastspänd på det kalla och fuktiga cementgolvet.

Marie skulle ge vad som helst för att komma ut i friheten. Om hon kom loss ville hon först tvätta av sig ordentligt för hon hade fått göra på sig flera gånger och klöktes av tanken på hur eländig hon såg ut. Tänderna som de slagit ut på henne var en jobbig tanke bara det, inte minst för att hon sedan hon var barn hade lidit av tandläkarskräck och våndades för vad som behövde göras. Hon var dessutom riktgt vrålhungrig och törstig, för på hela tiden som hon hållits fången hade hon bara fått lite vatten.

En kort stund senare tänkte hon att hon bara ville dö istället för att ligga här och lida. Och kanske var det så de tänkte, de som höll henne fången, just att låta henne svälta ihjäl och plågas så mycket som möjligt. Marie visste dock inte vem hon hade gjort så illa att de tyckte att hon förtjänade det här. Var det möjligen så att hon valts ut slumpvis för att hennes anhöriga skulle krävas på en stor summa pengar för att hon skulle släppas fri, tänkte hon vidare. Hennes föräldrar var dock inte speciellt rika, men det var kanske en möjlighet.

Plötsligt märkte hon att någon skar av buntbanden runt järnröret som hon varit fastspänd i, både vid fotlederna och händerna. Marie kände sedan att någon tog ett hårt grepp i hennes händer och drog upp henne till stående. Hon knuffades upp för en trappa och ut. Hon kunde inte se att hon var ute men antog det, för hon kände att det blåste kallt om hela hennes kropp, för kläderna var så blöta av blod, urin och fukt. Några steg senare trycktes hon in i vad hon trodde var en skåpbil, där hon lades på golvet och någon körde iväg med henne därifrån.

Maria, Henriks fru, svarade när Scott ringde. Hon blev glad att de tänkte komma ner och hälsa på i Nyköping som det var sagt från början. Hon undrade vilken tid de kom och om Henrik, blodhunden, följde med. I så fall blir granntanten glad, för hon saknar honom och skulle gärna träffa honom. Yvonne som hon hette, hade ägt Henrik första tiden men sedan i somras inte kunnat gå ut och rasta honom så mycket som behövdes. När hon sett att Scott och Henrik kom så bra överens, hade hon genast frågat om han kunde ta hand om hunden. Scott sade att det var klart att Yvonne skulle få träffa Henrik, och han lovade att ringa när de satte sig i bilen för att åka. Det blev förmodligen inte före sex på fredagskvällen för de måste ordna lite med tvätt innan de åkte, berättade han innan de lade på.

Klas släpptes efter förhör eftersom man inte kunde bevisa att det var han som kört den stulna Opel vectran. Däremot beslagtog man pejlutrustningen för att det visat sig att många delar i den var stulna från militären. Klas sade att han köpt prylarna på Blocket och att han helt hade glömt vem han köpt dem av. Det hade gått över tre år sedan sade han, så att spåra någon säljare var praktiskt taget omöjligt. Att han hjälpt Scott att spåra Anders Svensson var uppenbart, men det gick inte att bevisa att så var fallet. Därmed lades ärendet ner och Klas sattes på fri fot.

89

Efter inledande förhör av Anders Svensson hos Helsingborgspolisen fördes han till häktet i Stockholm. I Helsingborg hade han varit helt tyst och vägrat svara på frågor, så det enda man kunnat göra där, var att fastställa hans identitet. Hans advokat mötte upp vid häktet i Stockholm när han kom och de hade ett långt samtal med varandra där de gick igenom åtalspunkterna. Advokaten berättade att vittnet som eventuellt sett honom från sin båt hade spårats och kontaktats av polisen. Mycket hänger på vad han berättar, sade advokaten bekymrat till Anders, som sjönk allt längre ner i stolen.

Det här var ju skit på riktigt, tänkte Anders. Skulle en gammal gubbe ordna så att han fick fängelse. Han som tänkt sköta sig hyggligt och bara göra lite småjobb för att kunna byta till en ny motorcykel.

En förmildrande omständighet är i vilket fall som helst att Louise Scott, som dessutom visat sig vara gravid, förmodligen klarar sig utan framtida men, sade advokaten innan de skildes åt.

Kapitel 10

Huvudvärken kom och gick, precis som läkaren berättat för honom på sjukhuset. Helst skulle han köra in ett par fingrar under bandaget och riva för det kliade något ofantligt hela tiden. Han väntade redan på att det skulle bli måndag så han fick åka till vårdcentralen och plocka bort bandaget. Det var möjligt att en del stygn också gick att plocka, det fick de se då hade de sagt. Scotts mobiltelefon ringde och när han svarade hörde han att det var Klas. Han sade att han blivit frisläppt på torsdagseftermiddagen och att han nu befann sig i Stockholm igen. När Scott undrade vad han ville ha för besväret plus ersättning för utrustningen han blivit av med, skrattade Klas och sade att det inte behövde vara något speciellt. Han tyckte att det på det stora hela varit kul att få följa med och verkligen prova om utrustningen fungerade. Klas berättade att han hade fler delar kvar hemma så att han utan vidare kunde bygga en förbättrad version under några dagar. Om Scott nödvändigtvis ville ge honom något som tack för hjälpen så kunde han bjuda på en tur med segelbåten, för det skulle han uppskatta. Scott lovade att höra av sig men sade att det inte var säkert att det blev i år, för båtsäsongen var snart över.

Det hade nu blivit fredag förmiddag och Scott hoppades att Louise snart skulle höra av sig och säga att hon fick lämna sjukhuset. Under tiden tog han en promenad med Henrik som behövde röra på sig. De gick inte så snabbt för Scott kände värk i sin fot som han brutit i somras.

Marie låg obekvämt på det kalla golvet i skåpbilen. Precis efter att den startat och börjat köra iväg hade någon kommit till henne och gett henne en spruta i armen. Hon hade inte några krafter kvar för att på något sätt förhindra det, även om hon innerst inne visste att det mycket väl kunde vara det som var livsavgörande för henne. Marie bestämde sig för att försöka hålla sig vid medvetande för att veta vart de förde henne. En tanke som var god, men tyvärr misslyckades totalt. Redan inom en halvminut var hon medvetslös.

Louise satt i väntrummet och undrade varför i helvete inte hennes druffel till karl svarade när hon ringde. Efter att ha försökt ett flertal gånger var hon nära att beställa en taxi, då han plötsligt svarade. Han talade om att hans mobiltelefon nästan varit urladdad så han hade satt den på laddning när han gått ut med Henrik. Sedan hade han blivit ute lite längre än planerat, för han hade träffat familjen som dykt upp på bryggan när de blev beskjutna. De hade återigen undrat om de inte fick vara hundvakt snart igen, för det var det enda barnen pratade om, sade Scott samtidigt som han rusade ner för trapporna. När han skulle låsa upp bilen och åka och hämta Louise insåg han att bilnycklarna var kvar i lägenheten och fick gå tillbaka och hämta dem. Det var dock inget han berättade för Louise, han sade bara att det förmodligen var mycket trafik redan för att det var fredag, så det kanske tog en stund innan han kom. När han kom upp till lägenheten igen tog han med Henrik så att han slapp att vara ensam.

På vägen till sjukhuset fanns passande nog en blomsteraffär som låg vägg i vägg med ett konditori. Scott tänkte att det nog var det enda som kunde få Louise lugn igen, en blomsterbukett och en prinsesstårta! Väl framme vid sjukhuset kunde han inte hitta någon parkering, så han fick ringa Louise och be henne komma ut vid huvudentrèn. När han såg hennes blick var han glad att han gjort ett stopp på vägen, för det såg ut som om det var lägligt. Louise blev jätteglad för blommorna och när det serverades tårta och kaffe när de kom hem, så var den extra långa väntetiden på att bli hämtad snart glömd. De hjälptes åt att köra två maskiner tvätt och passade på att gå igenom posten som kommit under veckan. Det enda de hade ingredienser hemma att laga någon mat av, var pannkakor. Det var dock förträffligt, Louise hade två dagar i rad fått smaka på landstingets potatis. Något som gett henne dåliga minnen från skoltidens för länge varmhållna potatisar, unkna i smaken och med en vattnig konsistens. Klockan var runt sjutton när de var färdiga att åka. Tvätten hängde på tork och de hade packat en bag med lite kläder att ha med sig.

Louise skrev ett textmeddelande till Maria att de nog var i Nyköping om ett par timmar. Dels behövde de stanna och tanka på vägen men framförallt var det risk för långa bilköer som kröp fram så här dags en fredag.

Maria skrev tillbaka att Henrik lovat att bjuda på något gott till kvällen. Hon bad dem också att köra lugnt i trafiken och inte stressa.

Mohammed samlade ihop de kvarvarande i ligan förutom de två som tillfångatagit Marie, polisen Markus Janssons fästmö. De gick igenom läget, dels vilka som utvisats men även om det fanns någon möjlighet att få igång affärerna igen. Amirs pladdrande till polisen hade varit ödesdigert och de visste att de hade extra spaning på sig nu och en bra tid framåt. Mohammed sade att han bestämt att den tillfångatagna kvinnan skulle förflyttas till en plats utanför Stockholm där hon skulle släppas fri. Det var alldeles för riskfyllt att utöva utpressning i det här läget. Mohammeds liga var förmodligen de första som polisen skulle misstänka, antog han. Det lär nog bli långa fängelsestraff för oss ändå, utan att vi fälls för kidnappning, fortsatte han dystert. Eventuellt kanske vi borde upphöra helt med vår verksamhet här, sade han efter en stunds tystnad. Antingen starta upp någon annanstans i Sverige eller åtminstone någon annan stadsdel när straffen är avtjänade. Eller kanske fly utomlands innan rättegången och bygga upp allt igen i från början. De övriga satt tysta och insåg hur allvarligt läget var när Mohammed fortsatte, det som talar för att vi ska ta straffen här är att vi kan fortsätta att ta emot alla bidrag och äta gott på någon anstalt. Kanske kan vi till och med bygga upp en ny försäljningsorganisation på kåken, sade han, och skrattade lite!

De avslutade mötet utan att bestämma något.

Nästa kväll skulle de träffas igen och då var det tänkt att även de två som transporterat iväg Marie skulle närvara. Dessa var dock fortfarande efterlysta av polisen, så de fick lov att träffas någon annanstans, där de inte riskerade att gripas.

Trafiken hade flutit på hyggligt, så klockan var bara lite före sju på kvällen när de lämnade E4:an och tog av in mot Nyköping. Förutseende nog hade Scott köpt en bukett till Henrik och Maria när han ändå var inne i blomsteraffären, vilket verkligen uppskattades av dem när de kom fram.

-Vilken drömkarl du fått tag i! utbrast Maria.

-Ibland så, mumlade Louise, och tänkte på hur länge hon fått vänta på att bli hämta på sjukhuset.

Henrik kände att det fanns is som behövde brytas, så han sade att nu var det dags för fredagsmys! Han försökte hålla sitt löfte att inte dricka alkohol mer än på fredagar och lördagar, och då i begränsad mängd. Men nu var det ju fredag och då är det fritt fram för en välkomstdrink! Plötsligt kom han på att Louise inte borde dricka alkohol så han erbjöd snabbt ett alkoholfritt alternativ till henne. Henrik hade kommit hem från jobbet bara en halvtimme tidigare så han ursäktade sig och gick till köket. Scott undrade om han skulle hjälpa till med något och fick till svar att det vore hyggligt om han kunde duka i stora rummet. Maria ville höra vad Louise hade gått igenom så de satte sig i soffan i TV-rummet så länge. En timme senare bjöds det på inbakad fläskfilè, hasselbackspotatis och vtlökssås. Ett fylligt rödvin som ingen av dem tidigare prövat förgyllde maten och gjorde det till en oförglömlig måltid. Det var ingen som orkade någon efterrätt så det fick bli en kopp kaffe med en liten chokladbit till. Alla var ganska trötta efter en slitsam vecka så det blev läggdags ganska direkt sedan. Henrik sade att om någon ville ta en promenad på lördags-morgonen med honom, så gick han vid sju.

Scott och Louise ville älska med varandra men fick ta det väldigt försiktigt och långsamt. Dels för alla blessyrer och skador de åsamkats, men även för att Louise snart var i fjärde månaden.

Plötsligt började Louise skratta för fullt och Scott undrade varför hon gjorde det.

-Hör du inte att vi gör det i samma takt som Henrik snarkar! sade hon, och fortsatte fnissa. Scott hörde det också nu, och började också garva.

Alla var uppe och vakna före klockan sju och pigga på att gå en sväng. Scott och Louise ville dock gå i lite lugnare tempo så de gick för sig själva. Blodhunden som var pigg efter en hel natts sömn och behövde röra på sig, fick hänga med Henrik och Maria, som joggade några kilometer istället. Efter dusch och en god frukost packades en picknick- korg och de åkte ut till Femöre vid kusten ett par mil därifrån. Det var sista helgen i augusti men fortfarande hyggligt varmt och skönt, dessutom hade det varit ovanligt lite regn hittills och vad som sagts så var det inte något på gång den närmaste tiden heller. De såg några som badade men det var inget som lockade dem precis. Inte ens Henrik verkade badsugen när han känt på vattnet med framtassarna. Väl hemma i Nyköping igen erbjöd Scott sig att bjuda ut dem på en pizzeria till kvällen, för de kunde inte komma överrens om någon film som de ville se på biografen.

-Då gör jag bara lite pannkakor till middag, sade Maria glatt. Scott och Louise sade inget om att de ätit pannkakor dagen innan, utan svarade bara att det vore toppen.

Mohammed var både förbannad och förtvivlad när gängmedlemmarna träffades igen under lördagseftermiddagen. De båda sönerna som skuille köra iväg Marie ut en bit från staden och släppa henne fri hade kommit på andra tankar. I ett textmeddelande som de skickat sent under fredagskvällen, skrev de att de inte tänkte komma på något möte utan valde att fatta egna beslut. De hade istället bestämt sig för att hålla henne fången i en ödslig stuga som de hyrt av någon för Mohammed okänd person. På grund av att de båda visste att de var efterlysta såg de här en chans att om en tid kräva en rejäl lösensumma för att släppa henne fri. Mohammed var övertygad om att de båda blivit beroende av amfetamin eller kanske ännu värre, av metamfetamin. Förmodligen såg de här en chans till att finansiera sitt beroende. Antagligen skulle de köpa ett så stort parti som möjligt, för att kunna sälja vidare en del som de inte behövde själva med god förtjänst.

Det var många viljor bland Mohammeds gängmedlemmar och de kom inte fram till något gemensamt beslut den här gången heller om hur de skulle göra. Mohammed förbannade sig själv utan att säga något om sin frustration rent ut till de övriga. Genom att själv börja använda droger hade de övriga trott att det var okej att de gjorde det också. De olika medlen som de nu brukade gjorde dem uppkäftiga och kaxiga, vilket i sin tur ledde till att han inte alls som tidigare fick sin vilja igenom fullt ut. Han visste inte längre vem han kunde lita på helt, och misstanken fanns där hela tiden att någon av dem ville undanröja honom och bli ny ledare.

Granntanten ställde gärna upp som hundvakt när de gick ut för att äta pizza. Henrik verkade glad över att få träffa sin gamla matte igen under några timmar. Hon led alltmer av artros i sina leder och var tacksam för hundens skull att han fått ett nytt hem. När de kommit hem och gått och lagt sig sade Louise att hon gärna snart skulle vilja åka på den där bröllopsresan som de fått pengar till. De kanske till och med kunde ta en restresa med kort varsel, för hon ville inte vänta med det för långt in i graviditeten. Scott tyckte det var en bra idè, det vore verkligen skönt att komma ifrån allt ett tag och vila upp sig. Ända sedan han muckat från ett fängelsestraff i mitten på juni, hade det hängt i intensivt hela tiden. Dessutom hade de gift sig och blivit både hund och båtägare! Söndagsmorgonen liknade dagen innan, den startade med en promenad följt av dusch och frukost. När Louise berättade att de tänkte titta på en resa föreslog Maria att det kunde gå bort till biblioteket där hon jobbade. Det närmade sig slutet på augusti så ingen av dem hade så värst mycket surfmängd kvar på sina mobiltelefoner. På Marias arbete, som var stängt för allmänheten på söndagar, hade hon däremot tillgång till fri internet, när hon ville. Scott sade till Louise att hon gärna fick bestämma vart de skulle åka, det spelade inte så stor roll, bara det var ett varmt och skönt ställe. När frukostdisken var inställd i diskmaskinen bestämdes att Maria och Louise skulle gå till biblioteket för att se om de kunde beställa en resa på nätet. Under tiden passade Henrik på att visa vad han höll på med i sin verkstad. Ett hörnskåp till köket var i stort sett färdigt, visade han.

Det var en ansenlig mängd maskiner Henrik samlat på sig genom åren och han kunde med hjälp av dem tillverka det mesta i trä. I stort sett alla möbler de hade i sitt hus hade Henrik gjort själv, och det var inget rangligt folierat smäck som inte tålde att flyttas på. Plötsligt fick Scott ett textmeddelande från Louise, där hon undrade om han kunde få ledigt en dag från jobbet, nämligen måndagen precis efter att hans sjukskrivning gått ut, den femte september. De hade hittat en restresa som avgick redan nästa eftermiddag, så det var snabba ryck. Om de tog den skulle Scott ändå hinna till vårdcentralen och bli av med det stora bandaget och eventuellt stygnen med, innan de åkte. Så fort han läst det ringde han sin chef på Bussvård syd, Niklas Ohlsson. Han svarade direkt att Scott inte hade några semesterdagar att plocka ut, men han fick gärna lägga sig back åtta timmar som han jobbade in senare under hösten. Några sekunder senare fick Louise ett sms där det kort och gott bara stod att hon kunde boka resan. Kort därefter hade Louise bokat in en vecka på Hotel Bohemia i Playa del Ingles på Gran Canaria. När de kom tillbaka till huset fnös Scott lite när han fick höra vad hotellet hette. Han undrade om det bara var bohemer som tog in där, till ett flummigt pris. Louise som fått ett ganska hett temperament på grund av graviditeten, fräste bara tillbaka åt honom, att han nog skulle bli tyst när han gick in på Hotel Bohemias hemsida och tittade själv! Dessutom var det helpension de kommit över, och allt för precis under tio tusen kronor, vilket dessutom var den summan de fått i bröllopspresent av hennes mamma.

Scott önskade igen att han kunde hålla truten lite mer ibland, men nu var skadan redan gjord och han visste inte riktigt hur han skulle reparera den. Med sitt långsamma internet som han hade kvar, gick han direkt ut på deras hemsida och blev helt mållös. Bohemia visade sig vara ett av de bästa hotellen i Playa del Ingles med det absolut finaste läget. Louise hade lyckats få ett rum på sjunde våningen med utsikt över stranden och hela Maspalomas öknen! Scott gick fram och kramade om Louise och sade förlåt. Efter ett litet tag märkte han att Louise slappnade av lite och han hoppades att allt var bra igen. För säkerhets skull frågade han om det var något hon ville ha eller så. Svaret kom blixtsnabbt och var tydligt.

-Du kan gå och köpa ett kilo vindruvor, för det är jag sugen på nu, så sätt lite fart! sade Louise med bestämd röst.

Henrik och Maria hade svårt att hålla sig för skratt så de skyndade sig ut i köket för att inte reta upp Louise ännu mer. När Scott kom tillbaka en kvart senare med vindruvorna hade Louise redan börjat packa ihop deras saker. De behövde komma hem skapligt för att hinna packa och ordna med allt.

Scott undrade om de skulle fråga familjen som larmat vid beskjutningen av dem, om de ville vara hundvakt åt Henrik när de var bortresta. Senast de träffades hade mamman berättat att hon för tillfället var arbetslös, eller som hon hade uttryckt det, mellan två anställningar. Det enda hon gjorde var att hon lämnade det äldsta barnet på förskolan femton timmar i veckan, medan den yngsta var hemma hos henne. Louise tyckte det var en bra idè, så Scott ringde direkt.

Det går jättebra, fick han till svar. Mamman berättade att de själva kommit fram till att de kanske skulle skaffa en hund. Att få prova på om det verkligen var något för dem var idealiskt, på en vecka kunde de ju se om det var något som passade dem. Det bestämdes att Scott skulle lämna Henrik dagen därpå hos dem klockan elva, efter att de varit på vårdcentralen klockan halvtio.

Innan de åkte från Henrik och Maria passade Scott på att fråga om de ville komma upp någon helg framöver när segelbåten skulle tas upp. Scott vore tacksam om Henrik kunde hjälpa honom med det, i synnerhet nu när Louise var tvungen att inte anstränga sig för mycket. -Det är inga problem, det gör vi gärna, sade Henrik.

Bara så du vet det, sade Maria till Louise, så har jag massor av barnkläder kvar sedan våra tvillingar var små. Eftersom de var exakt lika stora hela tiden så var det ju inte som för andra att de kunde ärva några kläder av varandra. Så det mesta är i bra skick och dem får ni gärna, för vi har inte planerat några fler barn.

Louise tackade för omtanken men sade att hon gärna ville betala för det. Henrik och Maria sade att det inte kom på fråga, utan de fick ta vad de ville ha och att det bara var roligt om det kom till användning.

Hemfärden till Stockholm gick fortare för det var betydligt mindre trafik nu. Det låg fullt med glassplitter på deras parkeringsplats nedanför lägenheten, så Scott fick hämta borste och skyffel innan de kunde ställa ifrån sig bilen. Under tiden gick Louise en sväng med Henrik som gärna ville vara ute så mycket som möjligt. Scott hade förrådsnyckeln på sig så de fick med sig en resväska när de ändå skulle upp till sin lägenhet.

De räknade med att endast behöva ha en resväska med sig och var sitt handbagage när de bara skulle vara borta en vecka. De visste att de inte behövde ha en massa kläder med sig, för det var oftast runt tjugofem grader i luften dit de skulle åka. Louise hade varit på Teneriffa tre gånger men aldrig på Gran Canaria. Det hade däremot Scott, hans enda utlandsresa för tjugo år sedan när han var tolv år, hade gått just till Playa del Ingles på Gran Canaria. Han mindes att han älskat platsen med sin superlånga sandstrand och de underbara vågorna. Scott kom särskilt ihåg hur han och bröderna hade hoppat i vågorna för att inte få en kallsup. Det som var mindre trevligt var att deras pappa hade varit mer eller mindre full och otrevlig under hela resan, men det hade han försökt förtränga. Trots det så kom tankarna upp ibland fast han inte ville. Det kunde räcka med att han såg en berusad familjefar på staden eller till och med på TV. Han kände då direkt igen sig i situationen och fick kalla kårar längs ryggraden. Scott lovade sig då varje gång att han inte skulle dricka mer alkohol än att han hade kontroll på läget och kunde uppföra sig. Med andra ord kunna stå för sina handlingar och aldrig skylla dem på ett okontrollerat spritintag. Louise som såg att Scott stod och dagdrömde, knuffade till honom och frågade om han visste var han hade sitt pass. Och det visste han faktiskt, när han hämtat sin pistol som han haft gömd hade han av en tillfällighet sett att det låg i samma låda. När han tog fram det började han dock bli lite orolig, för han visste inte om det fortfarande var giltigt. När han såg på det att det var ett år kvar andades han ut, för Scott visste att Louise hade blivit vansinnig annars.

Det verkade helt klart som om Mohammeds gäng höll på att splittras totalt, han själv och två söner som också suttit häktade, var beredda att ta sitt straff. De räknade med att kanske få högst tre års fängelse för narkotikainnehav och vapenbrott. Polisen hade hittat inte mindre än fem pistoler i lägenheten vid sitt tillslag. Mohammeds advokat hade berättat att om de skötte sig på kåken kunde de räkna med att komma ut igen om cirka två år, vilket fick anses vara hyggligt med tanke på omständigheterna. Sönerna som båda själva snart skulle bli fäder, ansåg att det var det enda rätta. Av advokaten hade de också fått veta att om de visade framfötterna och skötte sig, kunde de sista tiden få en yrkesutbildning istället för fängelse. Det brukade gå att förhandla fram det, om de var medgörliga vid rättegången och hade information att lämna så droghandeln kunde minskas. Däremot tänkte sönernas kusiner välja en annan väg. De hade för avsikt att gå under jord och hade redan varit i kontakt med Mohammeds bror i Enköping. Dit var de välkomna hade det sagts dem. De skulle få hjälp med bostad och om de jobbade på bra åt honom, kunde de få en rejäl summa pengar som rullade in kontinuerligt.

De två som beslutat att lämna Mohammed tidigare under helgen och ägna sig åt människorov och utpressning, hade han ingen kontakt med längre. Amir som flytt till deras hemland Iran hade det också varit tyst om ett par dagar, men Mohammed visste att det med stor säkerhet snart skulle komma ett meddelande om att han hade dödats. Nu när det gått några dagar sedan det lagts en belöning på Amirs huvud, så hade Mohammed lite blandade känslor inombords.

Första tiden kunde han strypt Amir med sina bara händer för den skada han åsamkat dem med att tjalla inför polisen, men nu kändes det lite annorlunda. Egentligen hade ju Amir rätt i att det var helt åt helvete att leva som de gjorde.

Att sälja amfetamin på skolor, stjäla och råna var ju inget som hans far i Iran någonsin hade accepterat.

Mohammed hade inte berättat för sin fru att det låg en dödsdom på deras son Amir. Än mindre att det var han själv som hade utfärdat den.

Kapitel 11

Louise ringde sin mamma och frågade om hon kunde titta till deras blommor någon gång när de var bortresta. De hade mest tygväxter, men tre orkideèr som de fått sedan de flyttat in vore bra om de fick vatten och lite näring, åtminstone en gång. Hennes mamma blev glad att de bokat en resa för pengarna de fått och sade att hon gärna såg till växterna. Hon undrade om de behövde skjuts till Arlanda, men Louise sade att de tänkte ta en buss från Centralstationen.

Under tiden packade Scott ihop en bag som deras hundvakt, familjen Lindgren, skulle ha när de själva var borta. Förutom hundmat och ett par ben, lade han i Henriks favoritleksak. Den lilla grisen som pep så fort han bet i den.

Allt var packat och klart framåt sju på kvällen när de plötsligt kom på att de inte hade ätit något sedan frukost. Louise som också var sjukskriven en vecka framåt, föreslog att de skulle ta en promenad bort till hennes arbete, affären och handla något. Då kunde hon passa på och fråga om det var någon som ville jobba åt henne den femte september, deras resdag hem. Om det inte fanns någon som ville byta pass med henne, så hade hon timmar att plocka ut, berättade hon. En halvtimme senare var de hemma igen. De hade hittat ett par stora frysta pizzor till extrapris, så nu var det snabbt på med ugnen som gällde. Båda tyckte det var skönt att få sova i den egna sängen igen och somnade mätta och belåtna redan lite efter nio på kvällen.

Vävtejpen hade glidit ner lite vid Maries öra så hon hörde att hon var på en helt annan plats än tidigare. Hon hade ingen aning om vart de fört henne, om det var nära eller långt ifrån där de hållit henne fången tidigare. På första platsen hade hon inte hört något fågelkvitter vilket hon gjorde nu. I några sekunder trodde Marie att de lämnat henne i huset på landet och att hon var fri. När hon rörde på sig märkte hon dock att hon fortfarande var fast i både fotleder och händer, men att hon fått lite större möjligheter att röra sig. Hon var inte längre fastspänd i ett rör längs golvet, utan i ett rep så att hon kunde sätta sig upp på golvet när hon ville. Det var tydligt att de inte ville döda henne nu i alla fall, utan istället förmodligen skulle utöva utpressning mot någon för att släppa henne fri, tänkte hon. Marie hoppades innerligt att Markus skulle hitta henne snart och då skulle hon inte vilja vara i kidnapparnas kläder. Hon visste att Markus i sådana lägen skulle ta ut en gruvlig hämnd där de inte kunde räkna med ett glassigt fängelsestraff med god mat, spa och fritt internet. Nej, istället skulle han ge dem ett sådant utdraget långt lidande som tiofallt skulle överstiga det de utsatt henne för, det bara visste hon. För någon vecka sedan hade hon tyckt att det var helt förkastligt att resonera så, att inte följa rättssystemet med dess lagar och få förlåtelse. Fanns det den allra minsta osäkerhet om någon var skyldig till ett brott, hur grovt det än var, så skulle de frias. Men det var då det, för en vecka sedan. Som hon själv hade blivit behandlad av dessa, så var hon beredd att skriva under på att Markus hade rätt. Sådana här jävlar ska inte få leva, tänkte hon för sig själv och fick på samma gång lite extra kämparglöd.

Mindre än sju mil därifrån höll Markus Jansson på att bli tokig av att inte veta vart hans fästmö Marie tagit vägen. Han hade precis gått av ett extrapass och var på väg till gymmet för att träffa Jonas som också skulle dit. Sedan kände han att det underlättade en del om han tränade, han kunde på något sätt fokusera bättre på lösningar på problem som dök upp. Så brukade det vara för det mesta i alla fall, tänkte han när han öppnade dörren för att gå in. Men i det här läget, när hans fästmö försvunnit spårlöst verkade det helt hopplöst. Det hade snart gått en vecka utan minsta spår, och då var han ändå polis och om det fanns någon som var lämplig att lösa sådant här, var det ju just någon inom hans yrkeskår.

-Något nytt? frågade Markus när Jonas som kom in genom dörren med sin träningsbag.

-Jo men visst, jag känner en på häktet som har lovat att jag ska få träffa Anders Svensson tio minuter i morgon bitti direkt efter frukost, svarade Jonas. Då kan jag sondera terrängen lite och ta reda på var han står innan förhörsledare och advokater börjar rycka i honom, tillade han. Jonas undrade hur mycket Markus var beredd att betala för att Anders skulle hålla tyst. Till svar fick han efter lite funderande hos Markus, att Anders redan fått femtio tusen kronor för ett jobb som inte utförts. Men högst sjuttiofem tusen till och då ska han även ha ihjäl Scott en gång för alla i det priset också. Börja med att erbjuda femtio till, skulle han kräva ett hundra tusen för det så föreslår du att vi går halva vägen var, tillade Markus. Om inte Anders Svensson nappade på budet var de tvungna att ta till något mer extremt.

Markus hade planer på att förgifta Anders mat, om det framkom att han hade för avsikt att tala om för polisen vem han fått pengarna från och vad de var ersättning för. Det sista hade han inte nämnt ens till Jonas och hade inte för avsikt att göra heller, för det kanske inte behövdes. Rent logiskt borde ju Anders nappa på erbjudandet att få upp till sjuttiofem tusen kronor till, tänkte Markus som på omvägar hört att de skulle gå till en ny motorcykel.

Efter ett intensivt träningspass skildes Jonas och Markus åt. Jonas lovade att höra av sig direkt när han pratat med Anders Svensson.

Det fick bli en stadig grötfrukost hemma hos paret Scott på måndagsmorgonen. De hade tid på vårdcentralen klockan nio och trettio, men var redan uppe klockan sju och åt. Allt var packat och framställt i hallen, ifall det blev ont om tid när de kom tillbaka, skulle de bara kunna hämta väskorna och bege sig till Centralstationen. Läkaren som tittade på deras stygn beslöt att de skulle få sitta tills de kom hem från utlandsvistelsen. Det var bättre att de var kvar för säkerhets skull, så att inte något gick upp, berättade hon. Scott njöt för fullt av att äntligen bli av med bandaget som kliat irriterande en hel vecka. Läkaren rekomenderade honom att hela tiden använda en keps eller solhatt över ärret för att skydda det mot solen. Däremot bada var inga problem, tillade hon. På Louise syntes in och utgångshål än så länge rätt väl, men de skulle knappt synas alls när stygnen plockats bort, fortsatte hon. Ett par små specialplåster sattes på innan de lämnade vårdcentralen.

Med sig hade de fått ett knippe plåster i reserv för att kunna byta om de blev blöta. Det hade gått ganska fort hos läkaren så de bestämde att stanna till på ett konditori och ta med lite fikabröd till familjen Lindgren, som skulle vara hundvakt åt Henrik. När de kom fram öppnades dörren direkt och mamman skyndade sig att sätta på kaffe medan det minsta syskonet lekte med hunden. Det kändes lite konstigt att lämna bort Henrik en hel vecka och de visste att de skulle sakna honom, men på samma gång var de övertygade om att han hade det bra hos dem. Efter en halvtimme var det lagom att åka vidare hem och hämta väskorna och bege sig till Centralstationen. I närheten låg ett Subway lägligt till, för de kände att de behövde lite att äta innan de satte sig på flygplanet.

Advokaten som hade Anders Svensson som sin klient kom till häktet visslande glad och verkade vara på ett strålande humör, måndagsmorgon till trots. Han hade nyligen läst vittnesprotokollet från mannen som ägde Risör 27:an och lämnat hamnen vid tidpunkten för skottlossningen. Personen som lägligt nog inte verkade ha alla hästar hemma, hade varken hört eller sett någonting när han gett sig av från sin bryggplats. Han hade haft fullt upp med att manövrera båten, vars motor endast gick på full gas. Dessutom, som grädde på moset, hade han satt sig på sina glasögon under morgonen, så det var bara att kassera dem. Hörapparaten hade han två dagar tidigare tappat i sin tallrik med filmjölk, och den hade inte fungerat så bra sedan dess, berättade advokaten för Anders, utan att kunna hålla sig för skratt åt eländet.

Därmed kan vi hävda att du varit på bryggan tidigare under dagen och druckit en Zingo medan du njöt av utsikten. Att du sedan glömde burken är inget man hamnar i fängelse för, sade advokaten och skrattade. Polisen har tydligen funnit en pistol på botten, men utan fingeravtryck, så den kan du inte bindas vid. Kläderna du bar när du greps borde logiskt sett ha innehållit krutstänk, men något sådant fanns visst inte minsta spår av, fortsatte han och log. Det absolut enda motiv som framkommit, är från din chef. Och det är inte hållbart heller, man försöker inte skjuta någon till döds efter att man har diskuterat vem som är ägare till en kaffemugg!

Jag kan inte finna skäl till att några åtalspunkter kan hålla, och därmed ska vi se till att avkräva ett skadestånd för tiden de har frihetsberövat dig, tillade han. Det beloppet ska vi se till att det vida överstiger vad du får i böter för att du kört omkring med en olaglig moped, sade advokaten och undrade om Anders hade några frågor.

Det enda Anders undrade om var när han trodde att han skulle släppas. Senast i morgon, kanske redan i eftermiddag, svarade advokaten och lovade att återkomma när han visste det.

Anders Svensson var riktigt nöjd med dagen hittills. Först hade Jonas dykt upp efter frukost och undrat vad han skulle ha för att vara tyst om var de femtiotusen kronorna kom från, samt om han var beredd att slutföra uppdraget med Scott. Till slut hade de enats om att fick han sjuttiofem tusen kronor till, var de överens. Vad han skulle få för att de frihetsberövat honom några dagar visste han inte.

Det borde ju trots allt gå att klämma ut femtio tusen kronor av dem, tänkte Anders och skrattade för sig själv.

När Louise och Scott checkat in sin resväska och var på väg till pass och säkerhetskontrollen med sina handbagage, ringde det på Scotts mobiltelefon. När han såg att det var polismästare Östen Karlsson som ringde gick de åt sidan lite och svarade. Han berättade att den hala typen som de haft som misstänkt för skottlossningen mot dem, med all säkerhet skulle släppas på fri fot. Det hade inte framkommit något som kunde binda honom till brottet. Scott och Östen hörde varandra sucka uppgivet i sina telefoner.

-Detta innebär då förstås att han snart är ute och tänker fullfölja sina planer, sade Scott. Eller så var han verkligen oskyldig och då går en för oss okänd gärningsman lös härute någonstans, rätta mig om jag har fel, tillade han. Polismästaren kunde inte annat än hålla med honom, båda hans hypoteser var de mest tänkbara i det här läget. När Östen undrade var de befann sig för tillfället och fick till svar att de var på väg utomlands, på en bröllopsresa, blev han glad och önskade dem trevlig resa. Han bad dem att ha ögon i nacken var de än vistades och sade att de gärna fick höra av sig när de kom tillbaka från Gran Canaria.

Fjärde gången som Scott gick igenom porten med metalldetektorer i säkerhetskontrollen, lyste det äntligen grönt. Då hade han fått ta av sig både halsband, ringar och skor och började undra om det var fel på utrustningen. Louise som gick igenom direkt skrattade åt honom när han fick gå igenom gång på gång.

När de gått ombord på flygplanet och satt sig, förstod de att de verkligen haft tur när de bokat resan. Det var tydligen bara ett fåtal hotell som hade öppet så här års, de flesta väntade till vintersäsongen, från första oktober, berättade en flygvärdinna för dem. Lite turbulens i mitten på flygningen, annars var allt okej och med lite stela kroppar landade de utsatt tid på Gando flygplatsen. Louise hade haft stödstrumpor på under flygningen. Dessa hade hon fått av läkaren på vårdcentralen under förmiddagen, vilket hon var tacksam för. Efter att ha fått sin resväska från bagagebandet och hittat rätt transferbuss, anlände de en timme senare till Hotel Bohemia. När de lyft ut sin väska från bussen och gick mot hotellet förstod de att stället var speciellt. Utanför vaktade väktare och kontrollerade alla som ville in.

-Det här är det flottaste hotell jag någonsin bott på sade Scott till Louise när de kom in. Jag har visserligen bara gjort det en gång tidigare, för tjugo år sedan, men det här är mycket finare i alla fall, tillade han.

Louise som var mer resvan ville inte kommentera vad han nyss sagt, hon bara log åt honom och höll med.

Det var redan mörkt ute när de kom upp till sitt rum på sjunde våningen, så de såg inget av stranden vilket gjorde Scott lite besviken. Däremot såg de lampor som lyste nästan hur långt bort som helst, så de anade att utsikten skulle vara magnifik nästa morgon när de vaknade. Efter en snabbdusch och lite andra kläder tog de hissen upp en våning där det både fanns bar och restaurang. Scott ville dock inte dricka alkohol till maten när inte Louise gjorde det, så det fick bli apelsinjuice.

Drygt en timme efter att Amir hade somnat i sin enkla bädd i ett av uthusen hos den äldre mannen som han arbetade åt, blev han väckt. Det var mannen som ruskade i honom och sade att det var två personer som gick runt i byn och ställde frågor om var Amir befann sig. Han visste inte om någon berättat något, men sade att för säkerhets skull så var det bäst om han flydde till en grannby. Den låg ungefär en mil norrut i en bergssluttning. Där i tredje huset på vänster sida hade han en systerson som han kunde bo hos tills det lugnat sig, sade den gamle mannen. Amir tackade honom och rusade iväg utan att få med sig något av sina få tillhörigheter. Både hans äkta och falska pass samt alla hans pengar blev kvar. Efter någon kilometers språng började Amir fundera på hur i hela världen någon kunnat spåra honom så här snabbt. Han hade ändrat utseende och bytt namn och hållt sig undan från människor som kunde känna igen honom.

Stigen som gick till den andra byn var krokig och brant. Även dagtid när det var ljust fanns alla möjligheter att göra sig illa här, antingen genom att stiga snett eller ännu värre, att ramla ner för ett stup. Amir ägde ingen ficklampa och hade förmodligen inte vågat använde den i så fall heller, om någon förföljde honom. Han fick förlita sig till det sken som månen så påpassligt gav honom, alldeles för svagt men ändå bättre än inget alls. Hans kondition var inte vad den borde vara och han hade slutat springa för länge sedan. Andningen gjorde dock allt för att få kroppen att komma ifatt och han flåsade så mycket att han blev yr i huvudet och det svartnade för ögonen ibland.

Det sista Amir kom att höra i sitt tjugotreåriga liv var två saker. Först ett par snabba steg som kom i fatt honom blixtsnabbt bakifrån. Det omisskännliga ljudet när en stor kniv går in mellan skulderbladen och bråkdelar av en sekund senare går in i hjärtat var det andra och slutgiltiga. Bröderna som kommit ända från Enköping i Sverige för att fullfölja sitt uppdrag, var nu i stort sett färdiga. Det enda som återstod var att slänga Amirs kropp utför det närliggande stupet där endast asätare skulle finna den. Inom några dygn skulle bara lite tygtrasor och ett par sandaler finnas kvar därnere.

Två dagar senare kom den gamle mannen körande in i byn i en några år gammal Fiat. Han var därmed den fjärde i byn som hade införskaffat en bil. Varifrån han fått pengarna till den var det många som undrade, men ingen som någonsin skulle få veta.

Möjligen var det för att de bara var borta en vecka på bröllopsresa, som Scott hade satt larmet på sin mobiltelefon klockan sex på morgonen. Han ville inte missa soluppgången över Atlanten, för han anade att den skulle vara fantastisk. Louise som visste med sig att hennes humör var åt det ilskna hållet så här dags i graviditeten, hade innan hon somnat lovat sig själv en sak. Det var att hon skulle försöka vara lite mera tålmodig och inte explodera för minsta lilla sak. Så när hon väcktes av Scotts gamla biltuta som han hade som larm, och när han första halvminuten inte fick av det för att hans armar somnat på honom, hann hon tänka en del. Louise lovade sig att inte säga ett knyst och det gjorde hon inte heller. Istället nöjde hon sig med en blick på Scott. När Scott lyckats stänga av biltutan tittade han på Louise och möttes av en blick som sade mer än tusen ord. Den synen hade han sett på filmer när man tänkte strypa någon. Scott försökte släta över sitt misstag och sade förlåt till henne och hoppades att det skulle räcka. Annars fick han väl tvinga sig med till någon klädbutik och köpa något som hon ville ha, tänkte han och gick bort till fönstret.

Det var lögn i helvete för Louise att somna om igen efter att hon blivit väckt och nu hade hon blivit kissnödig också. Hon hade redan varit uppe tre gånger under natten, så det här blev den fjärde. När hon kom ut från toaletten tyckte hon inte att det var lönt att gå och lägga sig igen, så hon släpade sig bort till Scott som stod vid fönstret för att se solaset gå upp, precis som den brukade göra vid den här tiden.

Efter att ha älskat med varandra i duschen och klätt på sig, gick de till matsalen för att äta frukost. Dignande bord med precis allt som kunde tänkas, mötte dem. Direkt fick Louise syn på något som hon tänkte lägga beslag på. Det var troligt att den låg där i centrum bara som garnering, men det kunde man ju inte så noga veta. På det stora runda bordet där det stod ostar i alla smaker, hade de placerat en riktigt stor klase med fantastiska vindruvor. Den var så pass stor, att Louise fick ta en egen tallrik bara till den. Scott såg vad hon gjorde och hoppades att ingen annan sett henne ta dem. Den förhoppningen sket sig tyvärr fullständigt. Sekunden efter fick han syn på att en av de äldre kyparna hade tagit sikte på Louise för att ge henne en tillrättavisning. Scott hoppades, mest för kyparens skull, att han skulle komma på andra tankar och inget säga, för vad det kunde resultera i vågade han inte ens tänka. Det enda som stod helt klart var att i det tillståndet som Louise befann sig i, skulle hon aldrig ge sig.

Som genom ett under, kanske kyparen fått syn på hennes putande mage och förstått att hon var gravid, vek han av i sista stund för att hämta fler tallrikar. Förmodligen hade kyparen egen erfarenhet av att ha haft en gravid och folkilsken fru hemma och insett att det var bäst att inget säga.

Scott pustade ut och gick och hämtade youghurt i ett glas, för han hittade inga lämpliga tallrikar.

Innan de gick till stranden tittade de på hotellets tider för lunch och övriga måltider. Det framkom att de egentligen inte var speciellt bundna av dem, för det fanns alltid en massa tapas och valfria drycker att få när som helst. Sanden var så där underbart varm som Scott mindes att den var sist han var här för tjugo år sedan. Särskilt i sin ibland värkande fotled som han brutit ett par månader tidigare, kändes det underbart när han satte sig och borrade ner den lite. Louise tyckte det var jobbigt att gå i lössanden och ville hellre gå längs vattnet, så det gjorde de istället.

Scott undrade vad hon tyckte att de skulle ge sin lille kille för namn, nu när de visste att det blev en pojke. Det verkade som om de skulle få en del jobb med att komma överens om namn, tänkte Scott som hade svårt att tänka sig något av de förslag som Louise kom med.

Det var samma sak när Scott föreslog olika namn, så var hon inte villig att välja något av dem.

För att inte bli osams föreslog Scott att de skulle gå bort till butikerna, så Louise kunde titta om det var några kläder hon ville ha.

Kapitel 12

Mohammed satt och funderade på hur allt kunde ha rasat samman på så kort tid. Det mesta hade flutit på som vanligt fram tills det fördömda tillslaget som polisen gjort dagen efter bröllopet. Varför de hade gjort det var något som Mohammed grubblade extra mycket på.

Någon måste ha tipsat polisen om att det fanns både vapen och droger i mängder i hans lägenhet. Han visste visserligen att han hade många ovänner som absolut inte önskade honom något gott, men vem av dem kunde det vara?

Senast han varit i kontakt med polisen före bröllopet var när två snutar lämnat dödsbudet på hans fjortonårige son Abdullha. Mohammed visste med sig att han brusat upp rejält vid det tillfället, dels för chockbeskedet att ha mist en son, men också för att han varit påverkad av amfetamin. Han hade ett svagt minne av att han hotat poliserna och deras familjer om de inte berättade vem som mördat Abdullha. Mohammed drog sig också till minnes att snutarna dragit sina vapen för att freda sig, vilket på ett sätt nog var tur för dem, för han visste inte riktigt själv hur det kunde ha slutat annars. Med amfetamin i kroppen gav han inte vika för något, för då kände han sig helt oövervinnerlig.

Tanken kändes allt mer logisk för Mohammed, att det var poliserna som lämnat dödsbudet som sett till att det skett en razzia mot dem.

Hans splittrade skara som var kvar från ursprungsgänget kändes inte som om de kunde göra så mycket åt det. De var alldeles för få nu och dessutom hade tiden runnit från dem. Ett tag tänkte han på alternativet att flytta till Enköping och gå ihop med sin äldre bror för att kunna fortsätta sin verksamhet. Mohammed visste dock att där skulle han aldrig få någon ledarroll, för den var vigd åt den äldre brodern. Han kunde själv inte tänka sig att ta kommandon av någon, så om det blev att han anslöt till honom så var det bäddat för konflikter. Men som en sista utväg hade han den kvar i bakhuvudet. Mohammed tyckte också att det var synd att två av hans söner inte lyssnat på honom och frigett Marie. Visst fanns där en möjlighet att tjäna pengar men det kunde lika gärna sluta med att de blev ertappade. Kom de mot förmodan levande från ett tillslag där en nära anhörig till en polis varit kidnappad, så kunde de helt klart räkna med livstids fängelse.

Mohammed tänkte ändå göra ett sista försök att få dem att ansluta till gänget igen, men han hade inga större förhoppningar. Han hade märkt på dem, att särskilt just dessa av hans två söner, hade blivit grymt drogberoende av metamfetaminet. De var helt enkelt tvungna att få in en massa pengar för att kunna finansiera det. När Mohammed suttit i över en timme och spekulerat för sig själv, kom hans fru in. Hon grät och han kunde först inte förstå varför. Till slut fick hon fram att hans bror från Enköping hade skickat ett textmeddelande där det stod att deras son Amir tragiskt varit med om ett överfall. Man hade inga förhoppningar att finna honom i livet, för blodspår hade lett ut över ett stup som var helt uteslutet att överleva ett fall från.

Det låg också så oländigt till att det var förenat med livsfara att försöka ta sig ner för stupet med någon räddningsstyrka, så det var inte aktuellt. Mohammed kramade sin fru och ville så gärna lätta sitt hjärta och berättat att han själv var den som lejt mördarna, men han kunde inte. Den tunga hemligheten skulle han få bära själv så länge han levde.

Louise hittade genast kläder som passade. Fördelen var att midjemåttet lätt kunde justeras, vilket var en förutsättning nu när magen blev allt större. Enda nackdelen var att det inte var några speciellt varma kläder, så hur det skulle gå att använda dem hemma i Sverige berodde mycket på vädret. Hon hittade också ett par linnen till Scott som hon tog med till kassan. Han hade visserligen följt med in i butiken men när han inte hittat något, hade han sagt att han väntade utanför tills hon var färdig. När Scott hörde att hon ropade på honom så gick han in och betalade. Det hade blivit dags för lunch, så de gick tillbaka till hotellet och lämnade kläderna på rummet först. På eftermiddagen satt de på balkongen och tog det lugnt. Det enda de gjorde var att bestämma vad de skulle göra under veckan på ön. Efter lite funderande hade de kommit fram till att de skulle hyra en bil en dag och göra en rundtur, samt hänga på en resa till en djurpark i närheten någon annan dag. Annars tänkte de mest ta det lugnt, bara chilla. Båda ville passa på att njuta av livet genom att bada i poolen, sola och gå längs stranden. Det nygifta paret kände redan att den här veckan skulle bli den bästa under hela 20sexton. En plats och tid att minnas för alltid.

Nästa morgon vaknade Scott innan larmet ljöd på mobiltelefonen, så han hann att stänga av den i tid. Han smög försiktigt upp ur sängen och gick mot balkongen. Dörren hade varit helt öppen under natten och det hade varit precis lagom att sova i den tjugogradiga nattemperaturen som rådde här, i stort sett året om. Innan Scott ens kommit ut på balkongen kunde han höra hur vågorna från Atlanten rullade in mot stranden. Han bara älskade det ljudet.

Här skulle jag kunna sitta och titta och lyssna i evigheter, tänkte han för sig själv.

Havet kändes så oändligt och gav en tydlig känla av frihet. Efter en stund kom Louise upp och satte sig bredvid Scott. De höll varandra i handen men sade inget.

De bara njöt av stundens frid.

Någon timme senare hade de gjort sig iordning för att gå och äta frukost. Scott fasade lite för hur det skulle gå om Louise återigen tänkte sno utsmyckningen på ostbordet i form av en präktig klase vindruvor.

När de kom in i matsalen blev de rejält överraskade när samma kypare kom fram leende mot dem och visade dem till ett bord. På bordet stod redan en stor tallrik med en ännu större klase vindruvor, bara till Louise. -Varsågod!, sade han på klockren svenska.

Det var väldigt lätt att plocka på massor på tallrikarna för att allt såg så gott ut. Fördelen här var mot vanliga vardagen att man inte hade någon tid att passa utan man kunde äta i lugn och ro, sade Scott och Louise höll med.

De frågade i receptionen om de ville hjälpa dem att hyra en liten bil till dagen därpå, och det mötte inget hinder. Lite före nio skulle en Fiat Panda vara framkörd och de fick ha den i ett dygn för tjugofem euro plus bränsle. Dagen som väntade tänkte de tillbringa nere vid poolen men först var de tvungna att smörja in sig med solkräm, så att de inte skulle bränna sig. Scott hade med en karta över ön ner, medan Louise tänkte lyssna på musik i lurarna till sin mobiltelefon. Väl nere såg Scott ut en lämplig färdväg på kartan som de kunde ta nästa dag för att få se en del intressant, samtidigt som Louise slumrade till i sin solstol.

Marie tyckte sig höra ljudet av en bil komma och sedan ett par bildörrar som stängdes. Att hon inte längre var kvar i staden tog hon för givet, dels för fågelkvittret hon hörde ibland men också för lukterna som hon kände. En betydligt friskare skogsdoft trängde in i de otäta fönstren ibland och blandades med den unkna gamla huslukten som bestod av mögel och instängdhet. Några sekunder efter att hon hört bildörrarna stängas, så öppnades dörren och hon hoppades att hon fick något mer än vatten den här gången. Hon tycktes bli bönhörd för när hon sög i sugröret smakade det sött och gott. Det var en bekant smak som hon kände igen väl, ändå dröjde det lite innan hon visste vad det var. Nyponsoppa! Tänk att det kunde smaka så fantastiskt! Som väl var fick hon sitta ifred och på någon minut hade hon tömt enliterspaketet. Det plus att hon kunde sitta på golvet var det enda hon kom på som var något sånär positivt. Stanken från henne själv var så hemsk att hon knappt stod ut med den.

Några minuter senare hörde hon hur ytterdörren låstes och bara lite efteråt kunde hon tydligt höra en bil som startades och körde därifrån. Marie kunde också urskilja att det inte var samma fordon som de transporterat hit henne med. Det hade varit en skåpbil med dieselmotor av något slag, medan den de kommit i nu var var en bensinare. Den mullrade så dovt att det borde vara en motor med kanske sex eller till och med åtta cylindrar. Hon kände att nyponsoppan hon fått redan gjorde susen, huvudvärken minskade och hon tänkte klarare. Marie hade lagt märke till att det alltid var minst två som kom dagligen för att titta till henne och åtminstone ge henne något att dricka. Rimligtvis borde det alltså dröja nästan ett dygn innan de kom tillbaka igen, tänkte hon samtidigt som hon gjorde en kraftansträngning för att komma loss.

Men jävlar, det gick inte. Hon satt verkligen fast i den tillräckligt tjocka linan de använt. Efter ett tag kom hon dock på en idè som var tvungen att prövas. När hon satt mot väggen hade hon känt att det drog lite över huvudet på henne. Förmodligen var där ett fönster, och troligtvis borde det gå en mindre väg utanför, för billjudet hade passerat förbi där när hennes kidnappare hade kommit och åkt. På alla sätt försökte hon nå fönstret med händerna eller huvudet utan att lyckas. Det fattades några centimeter hur hon än bar sig åt. Till slut kom hon på att det kanske var lättare att nå fönstret med sina fötter genom att samtidigt lägga sin rygg på golvet. Och plötsligt märkte hon att hon nådde till fönsterbrädan och till och med lite över den om hon sträckte sig och försökte att inte tänka på hur ont det gjorde när linan skar in.

Marie kunde inte erinra sig att det hörts någon annan bil åka förbi, men hon kunde ju alltid hoppas att det kom någon. Då skulle hon snabbt köra upp fötterna till fönstret och hoppas att de reagerade på det och kom för att titta.

På hotel Bohemia verkade det som om man skulle äta och dricka så mycket gott som möjligt hela tiden. Däremellan var det fullt möjligt att lyssna till vad kroppen ville. Om det var bad, sol eller massage som önskades så var det bara att välja. Efter lunchen kände de sig lite rastlösa och bestämde sig för att ta en promenad ner till stranden och bada i Atlanten. De gick först länge i vattenbrynet och fascinerades av att sanden försvann under fötterna på dem när vågorna sköljde förbi. Sedan tog de sig längre ut och lät vågorna lyfta dem från botten utan att kunna göra något åt det. Det hade stått på en tavla när de gick ner till vattnet att det var 25 grader i det, och det stämde säkert. Det kändes som om det hade gått att ligga i vattnet i timtal. De hade köpt badlakan på vägen ner men de behövde dem knappt, för vinden blåste deras kroppar torra liksom en fön på bara några minuter. Det här måste vi göra om flera gånger, sade Scott förtjust till Louise som höll med. När de kom tillbaka till hotellet så var det inte lång tid tills middagen serverades, men den här måltiden orkade de inte stoppa i sig så mycket, för de hade inte hunnit bli speciellt hungriga. På kvällen passade Scott på att ringa familjen Lindgren för att höra hur det gick med Henrik, deras blodhund. Till svar fick de att hunden varit jättesnäll. Enda problemet var att han snarkade högt när han sov, berättade mamman.

Fru Lindgren berättade också att han fick mycket motion. Dels fick han följa med när de skulle gå till förskolan med sexåringen. Sedan var det full rulle med lek resten av tiden, för då sysselsatte Henrik och lillasystern varandra. Hon hade tidigare berättat att de absolut inte ville ha några pengar för att vara hundvakt så Scott undrade om de skulle köpa med godis eller några gosedjur till barnen. Till svar fick han att de helst inte skulle köpa godis, för det åt de redan alldeles för mycket. Scott lovade att de skulle se efter något som kunde passa innan de sade hejdå och lade på.

Markus och Jonas hade precis gått av ett arbetspass som hade varit hektiskt med många ingripanden. För att varva ner lite innan de gick hem satte de sig i fikarummet på polishuset och tog en kopp kaffe var. När de skulle resa sig och gå därifrån hörde de ett anrop från expeditionen precis intill. En grupp beordrades ut för att kontrollera något märkligt som iakttagits i ett hus som låg sju mil från stationen. Det fanns för tillfället ingen annan patrull som var ledig på närmare håll. En man som skulle ut och plocka svamp hade när han gått förbi huset sett ett par smutsiga fötter sticka upp i fönstret. Han hade gått fram för att undersöka vad som försegick men kunde inte se in för det var fullt med taggiga rosor utanför. När han ropat så hade han inte hört något svar, däremot hade fötterna rört sig ännu mer. Mannen hade även gått runt och knackat på men ingen öppnade och dörren var låst. Markus gick fram till piketgruppen som precis var på väg att åka ner till garaget och bad att Jonas och han skulle få följa med. Piketchefen såg först förvånad ut, men efter lite betänketid sade han att det gick bra om de åkte i en egen bil. Han sade att de under inga omständigheter fick blanda sig i under aktionen, vilket Markus inte behövde svara på, han hade redan vänt sig om och rusat efter en skottsäker väst och vapen. Jonas och Markus hade fått adressen men tänkte för lugnets skull att det var bäst om piketgruppen inte kom för långt efter dem. När alla någon minut senare var ilastade och färdiga, drog de i hög fart iväg med Markus och Jonas i täten.

Markus kände på sig att det var hans fästmö Marie som mannen sett innanför fönstret och hoppades att de inte skulle komma fram för sent, utan att hon fortfarande var i livet.

En halvtimme senare än vad som var sagt fick Scott nycklarna till bilen de hyrt. Att någonting skedde i utsatt tid här på Gran Canaria var ovanligt, hade de berättat i transferbussen på väg ner till hotellet, så det kom inte som någon överraskning precis. På kartan som Scott läst in sig på såg allting väldigt smidigt och enkelt ut, men det sket sig direkt i verkligheten. På den gatan han tänkt köra in på fick man bara åka åt andra hållet. Tempot som var förhållandevis högt i Stockholm var ännu högre här, och han tappade behärskningen efter bara någon minut.

-Du kör ju som en jädra biltjuv! vrålade Louise och tittade på Scott som log med hela ansiktet. Efter en liten stund kom hon på att det bara gått en vecka sedan han stulit en bil och kunde inte låta bli att le hon också.

Ali och Assar var de två av Mohammeds söner som alltid hade samarbetat hyggligt med varandra och kommit bra överens. Hur de skulle gå till väga när det gällde att få ut lösensumman för den kidnappade kvinnan var de dock oense om. Ali tyckte att de borde ta kontakt direkt med hennes föräldrar och kräva minst en miljon kronor inom ett dygn. Däremot Assar ansåg att det var bättre att lämna ett mer anonymt hot genom att kräva en överföring till ett konto som de kunde börja plocka av när de kommit utomlands. Assar var också emot att de exempelvis skulle kapa ett finger på Marie och skicka med för att visa att de menade allvar. Han trodde istället att de anhöriga redan visste det, nu när det dröjt så pass länge sedan hon försvann. De var dock båda väl införstådda med att de måste få tag i stora summor pengar snart för att det skulle gå runt. För tillfället hade de fått hyra ett rum av en landsman men han hade inte fått betalt än, så det släpade. Bilen de åkte nästan femton mil om dagen med var det också dags att tanka igen, men de hade inga pengar. Det hade blivit allt svårare att tanka och sedan smita utan att betala för de flesta bensinstationer krävde att man kom in först. Men inte riktigt alla, tänkte Ali som just svängde in på en. Han körde inte fram till pumparna direkt för där syntes det att det satt kameror uppsatta. Istället stannade han vid en av mackens hyrbilar så att Assar snabbt kunde sticka ut och sno en av dessas registreringsskyltar. -Såja, sade Assar några minuter senare, nu kan du köra fram och tanka! Det gick i sextiofem liter i den sjuttio liter stora tanken. Det var ganska ofta de fick göra så här, för bilen drog över 1,2 liter milen.

Beroende på att de båda saknade uppehållstillstånd, så hade Mohammed skrivit sig som ägare när de köpte den. Ganska snart ställdes dock bilen av trots att de använde den, för att slippa en massa inbetalningskort om fordonsskatt och försäkring. Om de blev inblandade i en trafikolycka så skulle det bara bli ett litet problem till i mängden, resonerade de.

När tanklocket var påsatt drog de snabbt iväg västerut för att ge fången lite vatten och kanske på vägen dit komma fram till hur de skulle gå till väga för att få ut pengarna snabbt.

Marie hade tyckt sig ha hört någon ropa utanför fönstret men var inte riktigt säker. Hon hade gjort allt för att göra sig synlig genom att sträcka upp fötterna så långt hon kunde men visste inte om det var tillräckligt, om det var någon där. Marie hade inte hört någon knacka på dörren för den förbaskade silvertejpen hade de satt inte bara över munnen, utan den täckte hennes öron också.

Tvivlet på att någon skulle hjälpa henne tilltog och hon kände hur hopplösheten spred sig inom henne. Skulle hon dö så här, hade hon tänkt innan hon slumrade till av utmattning.

Markus Jansson som ofta körde ganska hårt i trafiken och höll på sin rätt, blev i den pressade situationen ännu värre. Han hade sirenerna på oavbrutet och kompletterade med ljussignaler direkt om någon inte kom undan för honom tillräckligt snabbt.

När de kommit ut från storstaden var det en två plus ett väg som gällde. Markus hatade dessa snålbyggen, för nästan alltid kom han ifatt någon söndagsåkare som inte vågade gå ut på kanten så att han kunde komma förbi. Eller också kunde de inte dra på och undvika att hindra hans framkomlighet. Nej, riktiga motorvägar skulle det vara, tänkte han för sig själv.

Precis när det blev ett körfält igen, hamnade de bakom en Mercedes 300 CE. Markus hade länge haft den som sin drömbil, förmodligen berodde det på att hans farfar Urban Jansson köpt en ny sådan nittioett, och sedan behållt den i nästan tio år. Han hade älskat att som barn få åka med när hans farfar rastade de 180 kusarna i den 3 liters stora sexan, för att visa vad den gick för. Nu förtiden hade han lite mer hatkärlek till bilmodellen. Det var fortfarande en väldigt snygg tvådörrars cupèmodell, men de som ännu var ute i trafik var ofta stylade med kromade skärmkanter och groteska fälgar. Att de sedan nästan alltid var rostiga och stod parkerade utanför skabbiga pizzerior höjde inte affektionsvärdet precis.

De som körde den här tycktes dessutom tro att bilen var tre meter bred, för de vägrade gå ut på kanten för att släppa förbi dem.

Turligt nog tycktes föraren ha hittat gaspedalen så pass att Markus i stort sett kunde köra i sitt tidigare tempo.

Inne i Mercedesen satt två personer med en puls som var extremt hög av oro. Om det var för dem som polisbilen låg så tätt bakom, skulle de få veta när det blev tvåfiligt igen.

129

Lyckligtvis kom de trots en del felkörningar ut från Playa del Ingles några minuter senare. De tänkte fortsätta upp mot bergen på de slingriga vägarna och stanna och fotografera där det var extra fint. Det var inte helt lätt att veta riktigt var de befann sig, för ofta stod det namn på vägskyltarna som de inte kunde finna på kartan. När de kom fram till Agaete såg de en skylt som det stod "Glass" på. Dit åker vi, sade Scott i förhoppning att det fanns glass att köpa lite längre fram. Louise sade inget men tänkte att med lite tur fanns det istället en butik där de kunde köpa något glasföremål att ta med hem som minne från sin bröllopsresa.

När vägen tog slut i nästa by som hette Los visade det sig att det var Louise som hade rätt. I en byggnad som skulle föreställa affär, sålde de glasskivor som man kunde få ingraverade med text som man själv fick välja. Skivorna som Louise var intresserad av hade måtten sexton gånger åttio centimeter, vilket var exakt det mått som skylten "Scott 20sexton" mätte. Den hade hon tillverkat i somras i Henriks snickeriverkstad och gett till Scott. Träskylten var uppsatt i sovrummet som minne av allt bra som inträffat det här året. De hade gift sig, fått heltidstjänster och större lägenhet. Louise tyckte dock att det var lite tomt på väggen än och ville gärna sätta upp något mer. En skylt i glas med text skulle bli perfekt, tänkte hon. Möjligen ha den med ett stycke väv eller kanske ett fotokollage med sand, palmer och vatten bakom! Texten på glasskivan skulle symbolisera höjdpunkt nummer ett 20sexton och drömplatsen för dem. "Scott på hotel Bohemia" skulle det stå!

Mannen som sålde skyltarna frågade om typsnitt och andra önskemål innan han graverade in texten. Han kunde även ordna så att texten blev i den färg som Louise önskade, för gravyrpennan hade tydligen en behållare som det gick att fylla med valfri färg.

Plötsligt blev Louise orolig för hur det skulle gå att få med skivan hel hem till Sverige. Det var inga problem alls förklarade mannen på en blandning av spanska, engelska och svenska. Det var nämligen pansarglas tillverkat på öns enda glasbruk som låg en liten bit därifrån.

Louise fick betala fyrtio euro för skivan och fick den inslagen i en gammal tidning innan de åkte tillbaka mot hotellet igen.

Hon var riktigt nöjd med sitt fynd och längtade till att få se den uppsatt på väggen där hemma.

På kvällen tog hon fram den ur tidningspappret och såg en liten klisterlapp nere i ena hörnet. När hon tittade närmare såg hon att det stod "Made in Phakistan" på lappen.

-Skit samma, sa hon till Scott som satt och garvade åt henne.

Även om det inte finns något glasbruk här på ön, så älskar jag skylten ändå, och jag kommer alltid tänka på oss här nere i paradiset när jag ser den, tillade hon och lade den ifrån sig.

Kapitel 13

Plötsligt sade Jonas frågande om det var en ny modell av Opel Corsa som de hade framför sig. Markus förstod inte vad han menade, för de låg fortfarande bakom Mercedes coupèn, så han tittade undrande med sina ögonbryn långt upp i pannan utan att säga något. Jag tyckte registreringsskylten såg precis ny ut medan mercan ju måste vara runt tjugofem år, fortsatte han. Så jag gjorde en sökning på numret och där står det att skylten skall sitta på en röd Corsa som ägs av Statoils biluthyrning. Synd bara att vi inte har tid att stoppa dem och kontrollera vad det är för djupingar, sade han uppgivet. Ta ett kort på dem med mobilkameran i alla fall, det kan du göra när jag kör om nötterna så fort det blir tvåfiligt igen, sade Markus.

Visst, sade Jonas och plockade fram sin mobiltelefon och gjorde sig beredd. Det stod på skyltarna att det nu var femhundra meter kvar på den enfiliga sträckan. Jonas tyckte om sin mobiltelefon som han köpt för några dagar sedan. Det mesta var sig likt från den förra han haft, men vissa ändringar hade de gjort på den här modellen. Inte minst kameran skulle vara betydligt bättre, hade han sett när han läst recensionerna om den på nätet. Han hade inte ens visat den för Markus, det hade inte varit riktigt läge, men det tänkte han göra vid ett lugnare tillfälle. Jonas märkte att Markus fullt förståeligt näst intill hyperventilerade på grund av den pressade situationen. Han hoppades verkligen att de fann Marie oskadd snart.

Vad Markus skulle ta sig till annars visste han inte. Det enda han med säkerhet visste var att om kidnapparna blev gripna av Markus så fanns det inga spärrar hos honom. Han skulle skita fullständigt i om han blev av med jobbet på köpet eller till och med hamnade i fängelse, det fanns det ingen tvekan om.

När Markus började köra förbi mercan så satte Jonas igång att fotografera. När de kommit förbi några hundra meter så började Jonas trycka på sin mobiltelefon precis som han brukade göra på den förra för att se hur korten blev. Till sin stora förvåning fick han se sitt egna finniga nylle på vart enda kort. Tydligen hade han kommit emot en knapp och så blev det så här.

-Jävlar på riktigt! skrek han så högt att Markus vinglade till på ratten. Det var inte heller lönt att be kollegorna som låg bakom att ta kort på mercaföraren. Även de hade passerat den för länge sedan och låg högst tjugo meter bakom dem själva.

Ali och Assar hade sällan varit mer nervösa någon gång. Trots att det inte verkade som om det var dem som poliserna var ute efter så ville nervositeten inte på långa vägar lägga sig.

De kände båda att de snarast måste stanna bilen på en parkeringsplats och komma ut lite. Helst röka på något så att kroppen kunde komma i balans igen. Det fick dock inte bli för mycket för de hade fortfarande ett par mil till huset där de höll Marie fången och sedan skulle de ju kunna köra tillbaka igen.

En kilometer senare hittade de en rastplats så de äntligen kom av stora vägen och kunde göra som de tänkt sig. En kvart senare, lite lagom påtända, kändes allt mycket bättre igen och de kunde åka vidare.

Plötsligt fick de ett textmeddelande från deras far, Mohammed. Han skrev att allt blivit så fel senast när deras relation sprack. Han var beredd att kompromissa med dem, bara de kom tillbaka igen.

Assar som läste meddelandet för Ali medan han körde, sade att han tänkte vänta med att skicka ett svar. Det här var något som Ali och han var tvungna att diskutera med varandra och för det krävdes mer tid. Möjligen att de kunde prata mer om det när de åkte tillbaka mot Stockholm igen, för nu passade det inte.

De skulle snart svänga av från den stora vägen in på en fyra kilometer lång grusväg som ledde in till huset de hyrt.

Markus behöll sirenerna på när han svängt in på den smala grusvägen för att förvarna eventuella mötande fordon. På gps:en stod det att det var knappt fyra kilometer kvar till huset de var på väg till. Efter det lilla huset fortsatte en gammal traktorväg vidare ner till en sjö ett par hundra meter därifrån. Markus körde så fort det gick och räknade kallt med att det inte skulle komma någon från andra hållet. Och om det nu gjorde det så fick de vara så goda att köra av vägen och hålla sig undan, tänkte han. Piketchefen som satt i Mercedes sprinterbussen femtio meter bakom, anropade Jonas och sade att ambulans var tillkallad och räknade med att vara framme cirka tio minuter efter dem.

Marie kunde på håll höra ett utryckningsfordon närma sig och hoppades att hon snart skulle få hjälp och bli räddad. Ivrigt tog hon sig så snabbt hon kunde ner till den position på rygg som hon visste fungerade, för att få upp sina fötter till fönstret där de var synliga. När hon tyckte att de var precis utanför rörde hon sina fötter så mycket hon kunde för att dra till sig uppmärksamhet trots att linan skar in i hennes handleder så att det blödde.

Markus tryckte för fullt på bromspedalen och stannade utanför huset på vägen utan att åka bort och vända först. Det fick bli sedan tänkte han, nu gällde det att se efter om det var Marie som befann sig därinne. Piketbussen stannade precis bakom deras polisbil och alla rusade ut så fort de kunde. En av dem hade tagit fram en kofot från bagageutrymmet för att bryta sig in genom dörren. Med den bröt de sig in på bara några sekunder och möttes av en obehaglig stank bestående av levrat blod, avföring och urin. Huset som var mer som ett torp var litet och det första de såg när de kom in i rummet bredvid köket så var det Marie. Det var i alla fall vad de antog, för av huvudet gick det inte att se så mycket, för den breda vävtejpen var ju lindad runt huvudet. Dessutom var håret så missfärgat av smuts och blod att det var svårt att säga vilken färg det haft från början.
Markus var snabbast fram och tog bort tejpen och kände om hon hade stabil puls.
När han såg att det var Marie började han gråta och skrika hysteriskt. Markus grät av lycka för att ha återfunnit sin fästmö i livet.

135

Samtidigt var han så rasande på dem som gjort så här mot henne, att han inte kunde tänka riktigt klart. Han försökte bära henne därifrån utan att först skära av linorna som hon var fastbunden i, så de fick be honom att lugna sig. Jonas tog ett fast tag i Markus och ledde ut honom från huset för att försöka lugna honom lite. När Markus kom ut ville han genast sätta igång att söka efter förövarna genom att med draget vapen geomsöka intilliggande byggnader. Jonas slog då till Markus hårt över handleden så att han tappade sin pistol och tog ett polisgrepp på honom.

-Nu får du tänka på vad som är viktigast, att följa med ambulansen med Marie till sjukhuset och stötta henne eller springa runt här som mini-Rambo och jaga galningar. Du kan bara göra en sak så det är bara att välja, tillade han. Och väljer du fel kommer jag att slå ner dig så de får ta med dig i ambulansen i alla fall, fortsatte han, medan han lättade lite på greppet.

Markus stod helt stilla och hyperventilerade och försökte samla tankarna. Han insåg att Jonas hade rätt, givetvis skulle han låta de andra få söka efter kidnapparna. Självklart var ju också att när de nu funnit Marie så skulle han stanna hos henne och göra allt för att hon skulle känna sig trygg. Han tittade på Jonas med sina tårfyllda ögon och sade ett tyst tack till honom innan han långsamt böjde sig ner och tog upp sin pistol. När han säkrat den och satt tillbaka den i hölstret gick han in till Marie igen.

Ambulansen borde vara här när som helst, hörde han Jonas säga.

Ali fick lite onda aningar när han svängt in på den lilla grusvägen som gick till torpet där de höll Marie fången. Det syntes på spåren i vägen att någon eller några bilar kört väldigt snabbt på den. Det kunde givetvis ha en naturlig förklaring för vägen var väldigt krokig och inbjöd verkligen till att busköra på. Särskilt för någon som nyligen tagit körkort, tänkte han och försökte på så sätt lugna sig. I det lilla samhället de nyligen passerat hade han sett några volvoraggare och deras bilar stå parkerade utanför en korvkiosk, så där var nog orsaken.

Ali var lite nyfiken på var de vänt någonstans vid torpet, så att de inte sladdat runt och förstört gräsmattan. Det fanns egentligen inget riktigt bra ställe att vända på där. Det enda alternativ man hade var att backa ut på tomten lite och hoppas på att inte var blött och halt, för då var det risk att man körde fast.

Ali gasade på lite extra på de få raksträckorna som fanns och påmindes genast om att bilen var i stort behov av service. Det knackade obehagligt mycket i ventilerna men det var bara det att en ordentlig service gick på runt tio tusen kronor, så det var en sak som skjutits upp hela tiden.

Han tyckte om mercan förutom att den drog för mycket bensin, annars var den härlig att åka i. Ali hoppades att de skulle få en miljon att dela på för att släppa Marie, så fick han se hur han skulle göra. Antingen göra i ordning bilen eller byta till en nyare.

De hade nu bara några hundra meter kvar tills de var framme. Assar böjde sig till baksätet för att hitta vattenflaskan han fyllt och tagit med. Efter lite letande fann han den på golvet.

Piketchefen som stod på vägen och rökte tyckte sig höra att en bil kom närmare. De övriga gick runt i närheten för att förvissa sig om att kidnapparna inte gömde sig i något av uthusen. Det kunde inte heller uteslutas att det var fler som hölls fångna av dem. De var beordrade att gå försiktigt fram, för det var fullt möjligt att gärningsmännen var beväpnade.

Det rådde ingen tvekan längre, piketchef Granlund var säker på att en bil i hög fart kom emot honom. Om det var svampplockare, en jägare eller kidnapparna själva skulle han snart få se, tänkte han. Att alltid vara beredd på det värsta hade han lärt sig genom åren, så han drog sitt vapen och ställde sig bakom en grindstolpe, om det var kidnapparna som kom och de började skjuta.

Efter sista kurvan innan huset fick Ali plötsligt syn på vilka som kört rally på grusvägen. Två polisbilar varav den andra var en piketbuss, hade stannat utanför huset på vägen. Han bromsade för fullt medan Assar släppte vattenflaskan och tog fram en pistol i handskfacket. I rullgruset tog det tid att få stopp på den över två ton tunga bilen. Det var bara tio meter kvar till polisbussen när den äntligen stannade. Granlund ropade till dem att de skulle kliva ur bilen och visa sina händer.

Detta var inget som fanns med på deras karta. Istället lade Ali i backen medan Assar tryckte ner sin sidoruta och besköt piketbussens bakhjul. Några sekunder senare stod den på fälgarna medan Ali backade så fort han kunde därifrån.

Granlund tänkte ett tag besvara elden men han visste ju inte säkert om det var fler i bilen. Det kunde tänkas att de hade fler kidnappade personer i baksätet och sköt han mot bilen kunde han mycket väl ha dödat någon av dem. Det som slutligen avgjorde att han inte sköt, var att gärningsmannen som avlossade skotten inte hade siktat på honom utan på polisbussens däck.

Allt gick väldigt snabbt och det var inte alla av poliserna som hann uppfatta vad som hänt, de hade bara hört ett par skott avlossas.

Granlund ropade högt att samtliga utom de som tog hand om Marie, skulle samlas hos honom vid grindstolpen.

Innan de kommit till honom passade han på att meddela sin närmsta chef om läget. Hon i sin tur bad att få återkomma så fort hon kunde överblicka allt vad det gällde övriga enheter och strategi. Granlund bad om två frivilliga som kunde köra ut mot stora vägen för att se om de fanns kvar i närheten. De två som anmälde sig fick order om att köra långsamt för att hinna stanna i tid om de blev beskjutna. Först måste de dock vända polisbilen och få undan piketbussen som stod med hängrumpa mitt i vägen för att bakdäcken var punkterade.

Ali hade aldrig haft körkort och backade högst ogärna. Fanns det möjlighet att undvika det genom att köra runt eller så, var det det som gällde. Nu hade han dock inget val. Ali var trots allt tacksam för att det var automatlåda på bilen så att han slapp hålla på och slira på kopplingen hela tiden.

Ali förbannade sig själv att han inte tittat lite mer efter lämpliga vändplatser längs vägen när han kört här tidigare. Han hoppades att det fanns någon liten skogsväg snart som han kunde backa in och vända på. Att behöva backa fyra kilometer var inget han var inställd på och dessutom visste både han och Assar att poliserna förmodligen skulle komma ifatt dem snart, med den polisbilen som hade hela däck. Assar satt beredd hela tiden och siktade med pistolen ut genom sidorutan längs vägen. Han avsåg att göra likadant som förut, skjuta mot däcken, ända tills han kom på att ammunitionen var slut.

Plötsligt skrek Ali till i panik. Innan Assar hann uppfatta vad som höll på att hända, girade Ali till med ratten så att de körde av vägen. Mot dem kom en ambulans i hög fart. Hade Ali inte svängt av vägen hade en kollision varit oundviklig. Ambulansen behövde inte ens bromsa in utan kunde i full fart fortsätta till torpet. När Ali försökte köra upp ur diket märkte de att bilen satt ohjälpligt fast. Högerhjulen hängde över diket och bilen stod på underredet och gick inte att flytta. Ali och Assar tittade förtvivlat på varandra utan att säga något. Det enda de visste var att om de blev gripna, så hade de ett mycket långt fängelsestraff att vänta och därefter utvisning.

Det tog betydligt längre tid att få undan piketbussen från vägen än man befarat. De hade fått skjuta på den allihop för att kunna rubba den. När de till slut fick fri väg för polisbilen hade det gått över tio minuter. När de precis skulle börja åka därifrån hördes ambulansen närma sig, så de fick invänta den.

Assar visste att mercan läckte en del kylarvätska så han hade alltid med ett par liter outspädd glykol och en vattendunk i bagageutrymmet. De hade varit med förr så de visste vad polisens nästa drag var. De skulle säkerligen sätta in hundpatruller och helikoptrar med värmekameror i sökandet efter dem. Hundarna var värst, tyckte Assar, men den här gången hade han ett motmedel, tänkte han och log. När de kört i diket hade det lossnat en del plastkåpor på bilen som kunde komma till användning nu. Ett par av dem var skålformade och i storlek med en vanlig tallrik. Assar hällde glykol i dem, en placerade han framför bakhjulet och en på golvet inne i bilen. Om hundarna får i sig av det här så har de sökt färdigt, sade han till Ali och log.

De brydde sig inte om att försöka torka bort fingeravtryck i bilen för de fanns ju hittills inte i några brottsregister. De fanns inte över huvud taget i Sverige ens, i och med att de saknade svenskt medborgarskap. Ali hade tänkt ut en plan under tiden som Assar höll på med glykolen. Om de flydde längre bort från Stockholm, så var det nog inget som polisen hade räknat med. Dessutom var det läge att stänga av sina mobiltelefoner, sade han.

Markus klev in bak i ambulansen och satte sig bredvid Marie. Hon såg väldigt mager och medtagen ut. Hennes ansikte var svullet och sårigt så det syntes väl att de varit elaka mot henne. Han funderade på hur någon kunde göra så mot någon oskyldig och sedan kunna leva med det. Han hade själv slagit sönder otaliga människor men aldrig några kvinnor eller barn. De han hade klappat till tyckte han på olika sett hade förtjänat det.

Ambulansföraren väntade på att få köra tills han fick klartecken av polisbilen som var på väg ut mot stora vägen. Han hade berättat att han på väg till torpet mött en backande merca och prejat den av vägen. Detta hade skett ungerfär två kilometer från stora vägen så poliserna borde när som helst vara framme, fast de körde lugnt.

Piketchef Granlund hade precis fått ett samtal från sin chef och samlade sina mannar för information. Markus som visserligen satt i ambulansen hörde vad han sade för bakdörren var öppen. Granlund berättade att två hundpatruller var på väg och borde vara framme inom en halvtimme. Dessa skulle i första hand sättas in vid den dikeskörda flyktbilen, i andra hand vid torpet. En helikopter med värmekamera var också på väg och beräknades komma redan om en kvart, vilket var positivt. Gärningsmännen hade ju redan visat att de hade vapen och att de inte var dåliga på att skjuta, så det kändes tryggare att låta en helikopter söka av området först. I en trängd situation förmodades de med all säkerhet öppna eld mot hundpatrullerna.

Assar kontrollerade om det fanns mer ammunition i handskfacket men det gjorde det inte. Pistolen var tömd på kulor men han tog ändå med den om de behövde tilltvinga sig en bil eller något liknande. Ali tog med deras jackor som låg slängda i baksätet och passade på att se efter om det fanns något användbart i bagageutrymmet. Det enda han hittade var en gammal filt och en tvåliters gammal saftdunk som var fylld med vatten. Han tog med dem och vatten flaskan inne i bilen som Marie skulle haft och sade till Assar att de måste skynda sig. Assar nickade och sade att de åtminstone i början borde dela på sig för att vilseleda efterföljare. Han sade också att om det kom en helikopter så gällde det att alltid ha en grov trädstam mellan sig och den, för då kände inte värmekameran av någonting. De beslöt att gå cirka hundra meter i varsin riktning på vägen och sedan vika av och fortsätta västerut. Ali som inte stängt av sin mobiltelefon ännu, kontrollerade väderstrecken på den, och pekade åt vilket håll väster var. Därefter stängde han av den och sade att de skulle försöka mötas igen om en stund bortom en höjd som de såg skymta bakom träden några hundra meter bort. De joggade raskt för att hinna av vägen innan någon kom. Bara någon minut senare när de kommit in ett hundratal meter i skogen, hörde de polisbilen. Den körde sakta och poliserna med skottsäkra västar spanade hela tiden åt sidorna för att inte råka ut för ett bakhåll. Ali som tagit sig av vägen lite närmare torpet, var tvungen att lägga sig ner blick stilla för att inte avslöja var han befann sig.

Plötsligt fick ambulansföraren klartecken av Granlund som sade att mercan stod kvar i diket och allt tydde på att föraren och skytten hade försvunnit från platsen. Polisbilen skulle fortsätta lugnt ut mot stora vägen, för att eventuellt komma i fatt dem om de sprang dåråt. När de var ute vid korsningen var de beordrade att inte släppa in någon obehörig trafik på väg in till torpet.

Ambulansen drog på för fullt för att få Marie så snabbt som möjligt till sjukhuset för läkarvård. Föraren behövde ju inte oroa sig för mötande trafik så därför kunde han ge järnet. När de passerade bilen som stod i diket kunde Markus se att det var den de sett på väg till torpet, den med falska registreringsskyltar. Han ringde Jonas som fortfarande var kvar vid det lilla huset och bad honom berätta det för piketchefen. Granlund visste med en gång vilken bil de menade. Han hade retat sig på dem som körde den och inte fattade att de skulle köra ut på vägrenen och lämna fri väg. Piketchefen hade fått en skymt av dem när de körde om och undrade om han sett rätt när han tyckt sig se Jonas ta kort på dem.

-Nej tyvärr, det gjorde jag inte. svarade Jonas och hoppades att Markus inte skulle säga något om händelsen, när han av misstag tog kort på sig själv istället.

Kapitel 14

Torsdagsmorgonen förlöpte likadant som dagen innan för paret Scott när de kom till frukostbuffèn. Kyparen visade dem till ett bord där det stod ett fat med fina vindruvor. Dagen som kom tänkte de ta det lugnt, möjligen gå längs strandpromenaden en bit mot San Agustin. Det såg ut att bli kanonväder med uppåt trettio grader igen, så det var kanske troligast att de i så fall gick framåt sen-eftermiddagen. Tills dess fick det bli poolområdet på hotellet med fria drinkar och tapas. Louise höll sig till kall färskpressad apelsinjuice medan Scott hinkade i sig mängder med Gin tonic. I receptionen hade de sett att det anordnades en resa till djurparken dagen därpå, vilket intresserade dem, så de anmälde sig till den. Medan Scott skickade ett textmeddelande till familjen som var hundvakt för att kontrollera att allt var bra, så passade Louise på att ringa sin mamma. Båda fick lugnande besked, så efter att återigen fyllt på sina glas somnade de i varsin solstol.

Mohammed hade tvekat länge men nu när han äntligen fått iväg ett textmeddelande till sina två söner som kidnappat Marie, så svarade de inte. Han kände sig också velig om han skulle dyka upp på rättegången eller gå under jord. Att sitta på en anstalt i uppåt tre år visste han inte om han klarade av rent psykiskt. Han hade några dagar till att fundera innan det var dags. Däremot tyckte han att hans två söner som gripits vid tillslaget resonerade rätt när de tänkte ta sitt straff.

De hade ju hela livet framför sig sedan när de kom ut. Dels som nyblivna föräldrar men även nu när det visat sig att de kunde få en yrkesutbildning betald av staten. Mohammed märkte också på sin fru att dödsfallen som drabbat deras familj senaste månaden hade tagit henne hårt. Först Abdullha som sköts framifrån av en civil polis, och inte nog med det. När dödsbudet på Amir kom för några dagar sedan så hade hon helt tappat lusten att fortsätta leva själv.

Mohammed var dessutom skyldig sin bror i Enköping tjugofem tusen kronor för mordet de utfört åt honom på Amir. Normalt sett var det småpengar för Mohammed men inte nu längre. Vid tillslaget hade alla deras pengar som fanns i lägenheten beslagtagits och det fanns ytterst små möjligheter att få tillbaka dem igen, hade hans advokat berättat. Enda chansen var om han kunde visa var pengarna kom ifrån, exempelvis ett kvitto på att han sålt en bil dagen innan för tvåhundrafemtio tusen.
Mohammed visste själv mycket väl att vart enda öre kom från försäljningen av amfetamin, så det var kört.

Granlund hade blivit tillsagd av sin chef att de fick agera på det sätt som han tyckte var lämpligast för att finna kidnapparna. Han beslöt då att de som var kvar vid torpet, skulle ansluta till hundpatrullerna som snart skulle anlända till flyktbilen. Granlund ringde också under tiden de gick, direkt till polisens fordonsavdelning och talade om att deras piketbuss behövde ett par nya bakhjul, vilket de lovade att ha klart senast inom två timmar.

Hundpatrullerna hade nyss anlänt när Granlund och hans mannar kom fram till den dikeskörda mercan. Han märkte redan när de hade mer än hundra meter kvar till dem, att de var väldigt upprörda. De två spårhundarna hade tydligen fått i sig en okänd mängd glykol och de visste först inom en halvtimme om det fanns hopp att de skulle överleva. Båda hundarna kördes i ilfart till den veterinärklinik som låg närmast, för att göra allt för att rädda dem.

Granlund satte två av sina mannar att försöka spåra bilens identitet, genom att leta efter chassinumret som borde finnas i bland annat motorrummet. Där det skulle sitta fanns dock inget så bilen verkade omöjlig att hitta ägaren till om inte fingeravtryck eller DNA-spår gav något.

Helikoptern som anlänt till området flög långsamt över platsen i sökandet efter kidnapparna. De rapporterade till Granlund att de inte hade några spår av dem, vilket var lite märkligt. Med värmekameran borde de ha upptäckts. Det spekulerades i om de fått hjälp av någon därifån innan vägen spärrats av. De skulle dock fortsätta ett tag till och utöka sökområdet till en mils radie.

Granlund tittade på kartan över området och såg genast att det fanns många lämpliga platser att gömma sig på. Han hade en svår avvägning att ta ställning till. Fortsatte de sökandet utan hundar vid sidan av vägen, var det stor risk att någon av hans mannar blev beskjutna.

147

Om de däremot stannade kvar och väntade så var risken överhängande att någon oskyldig ur allmänheten råkade illa ut. Det kunde finnas risk för en gisslansituation bland annat, tänkte han. Till slut kontaktade Granlund sin överordnade igen, för att höra vilka styrkor som var insatta i sökandet och hur de skulle gå tillväga nu när spårhundarna var utslagna.

Svaret han fick var att de skulle fortsätta in i skogen med hundra meters lucka västerut från grusvägen. Fler patruller skulle ansluta och söka öster om vägen inom kort.

Helikoptern skulle avlösas av en annan när den behövde flyga iväg för att tankas, så området skulle kunna bevakas hela tiden från luften. Det ansågs som mindre troligt att dem de sökte hade med sig glykol när de flydde från bilen, så därför skulle två nya hundar sättas in snarast.

-Vi har inte funnit någon tom glykolflaska i flyktbilen, kanske läge att hitta den först, avbröt Granlund.

-Jaså, då är jag nog felunderrättad, då skall jag ta upp det med hundförarna så får vi se vad de säger, svarade hon.

Assar ångrade sig att han gett filten till Ali för han frös redan och kände att den fuktiga marken han låg på gjorde hans kläder blöta. Ali hade fått den för att hans jacka som var vit var värdelös att ha på sig om man inte ville synas, så han hade tagit den om sig som en rock. Assar hade inte kommit mer än ett par hundra meter från vägen på grund av att en helikopter varit i närheten. När den var riktigt nära fick han stå intill ett träd, annars låg han ner på backen.

Han ville helst komma längre bort från vägen snarast för han trodde att poliserna skulle ta upp sökandet snart utan hundar. Han hörde röster som kom bortifrån där deras bil stod och hade även sett att polisbilarna med ett par schäfrar hade kört iväg igen, efter mindre än tio minuter. Efter ett tag lugnade det sig lite med överflygningar, så att han springande kunde ta sig bort mot den plats som de kommit överens att träffas på. Assar hoppades att Ali var kvar där så att han inte stuckit vidare nu när det dragit ut på tiden.

Det hade säkert gått flera timmar när Louise vaknade i solstolen. Bredvid låg Scott och sov fortfarande, så hon väckte honom. Efter ett dopp i poolen strosade de på strandpromenaden till San Agustin.

Louise hade sin systemkamera med sig och fotograferade lite vart efter. På stranden tog hon många kort för att ha att välja på, till sitt projekt när de kom hem. På något sett tänkte hon ha ett motiv med sand härifrån bakom den graverade glasskivan. Eventuellt med lite hav, sol och palmblad, det fick hon se.

De tänke när de såg alla katter att det nog var tur att inte Henrik var med.

De hade under den tid de haft honom märkt att han gärna ville leka med dem, men det var sällan som katterna ville det samma. När de var på väg tillbaka till hotellet så ringde det på Scotts telefon. Det var Henrik som undrade hur de hade det. Själv var han på väg hem från jobbet och när han kom hem skulle Maria och han ut och motionsgå till båthamnen.

Henrik berättade stolt att han nu kom i alla kläder som Maria köpt i Ullared några veckor tidigare. Så nu behövde han inte gå ner mer i vikt, utan nu gällde det bara att hålla sig kvar där han låg och inte gå upp igen. Scott sade att de nästa dag skulle besöka Palmitos djurpark och undrade om Henrik varit där någon gång. Det hade han, och det var väldigt sevärt, särskilt visningen med örnar och falkar som flög fritt, berättade han. De bad varandra att hälsa till sina fruar och lovade att höras mer när de kom hem, innan de lade på.

Efter lite siesta på hotellrummet tog de hissen en våning upp där baren och restaurangen låg. Längst upp på hotellets åttonde våning var utsikten magnifik och upplevelsen förstärktes av att delar av den var taklös. De var lite törstiga efter promenaden, så snart var det ett glas apelsinjuice och en stor öl på deras bord. Servicen var enastående och de sade till varandra att det inte skulle vara svårt att stanna på hotellet en längre tid.

Dagen efter var det djurparken som gällde. Bussresan dit tog endast en halvtimme och på vägen fick de möjlighet att se hur spartanskt en del öbor levde.
Väl framme kom Louise på att hon glömt sin solhatt på hotellet. Hon hade dock sett att en del besökande gick omkring med rätt snygga solhattar och bad Scott gå och köpa en till henne, medan hon fotograferade.
Scott gick iväg och hittade ganska snart ett ställe där solhattarna verkade vara till försäljning.

Grejen var bara den, att man inte kunde köpa några. Enda chansen att få tag på en, var om man beställde två öl, så fick man en solhatt på köpet.

Scott anade att Louise skulle bli sur om han kom tillbaka utan en, så han köpte två öl och betalade.

Bägarna med öl var enorma, de rymde en liter var! Med en i varje hand och halmhatten på huvudet gick han bort till Louise, som undrade om han var törstig.

Det var han, och efter att ha hinkat i sig allt tyckte han det var riktigt trevligt att titta på djuren, mer än han trott från början.

Louise fick syn på en orangutang som hon tyckte var väldigt lik sin chef på snabbköpet. Hon tog kort på den för att kunna jämföra ordentligt när hon kom hem.

Ali hade aldrig gillat skog, natur och friluftsliv. Han riktigt hatade det, med fukt, kyla och mörker. Dessutom en massa äckliga djur som gjorde allt för att bitas och störa på alla möjliga sätt. Nej, tacka vet jag Burger King eller en pub tänkte han för sig själv, där han låg och huttrade av kyla.

Det här var första gången han sovit utomhus en natt i Sverige och han hoppades att det skulle bli hans sista också. Visserligen hade han kunnat svepa in sig i filten när han försökte vila, men den var nu lika blöt och sur som hans kläder. Tre gånger under natten hade han rest sig upp och ställt sig bakom ett träd för att den förbaskade helikoptern farit runt och stimmat. Han var lite sur på Assar som stoppat på sig den enda pistolen de hade med sig. Den saknade ammunition, men det behövde man ju inte tala om, tänkte han.

Ali hade väntat länge bakom höjden där Assar och han skulle träffas, men till slut begett sig därifrån. När han hörde hundar skälla på avstånd hade han inte vågat stanna utan rusat så mycket han orkade längre från vägen. Han visste att chansen att stöta på brorsan någonstans i skogen nu var minimal. Men han skulle verkligen behöva det, för han hade bara en halv liter vatten kvar. Assar hade fått med sig den gamla saftdunken med två liter i, så han borde ju ha över hälften kvar, tänkte han.

När ambulansen kom fram till sjukhuset hade Marie fått dropp och de sår som blödde hade förbundits provisoriskt. Det var möjligt att en del behövde sys. Markus som hade lätt för att bli åksjuk om han inte såg vägen när han åkte med, kände att han var nära att spy när bakluckan äntligen öppnades. Sedan att det hade luktat som på ett sjukhus inne i ambulansen gjorde ju inte saken bättre, tänkte han. Efter några friska andetag kände han sig genast lite bättre vilket han var väldigt tacksam för. Det hade sett rätt ynkligt ut om han som polis varit tvungen att spy bland alla människor som var i närheten.

Markus fick sitta ner i ett väntrum under tiden som läkare tog hand om Marie och undersökte henne. Han tänkte på all skit som hänt sista tiden och undrade när det skulle vända och bli bra igen. Först hade hans farfar Urban Jansson mördats på öppen gata. Sedan att ett domar-as hade friat Scott och sagt att Urbans död berodde på en stroke. Det kunde han aldrig acceptera.

Därefter hade det inte dröjt många veckor innan en av hans bästa arbetskamrater hade blivit påkörd av en elbil. Markus hade på omvägar hört av bekanta till föraren, att han läst ett textmeddelande på sin mobiltelefon under tiden han körde. Så fort han fick lite mer tid skulle han gärna låta elbilsföraren få sona för sina synder.

Och sedan nu då det här att de kidnappat hans fästmö Marie och misshandlat henne så grovt.

Han hade förstått att alla i piketgruppen han tillhörde skulle göra allt för att ta reda på vem som gjort det och sedan var det hämnd som gällde.

Det var bara så jobbigt allting, tyckte han. Att inte folk kunde sköta sig utan ställa till det för honom istället.

När Markus suttit en timme i väntrummet och inte hört något, hejdade han en sköterska för att få reda på hur Marie mådde. Hon lovade att återkomma snarast när hon visste mer, men det gjorde hon aldrig. En kvart senare såg Markus henne genom fönstret, gladeligen cykla från jobbet.

-Jävla sjukvård! mumlade Markus för sig själv och skulle precis resa sig och fråga någon annan, när det ringde på hans mobiltelefon.

Det var Anders Svensson som ville träffas och prata med honom om en viktig sak.

Det kan vi göra i morgon förmiddag klockan tio på Åhléns parfymavdelning, svarade Markus.

På eftermiddagen ringde de från sjukhuset och sade att Marie mådde hyggligt bra fysiskt. Ingenting var brutet och de sår som var störst hade redan sytts. De hade även bokat tid hos en tandläkare morgonen därpå, för tydligen var åtminstone två tänder utslagna. Den traumatiska tiden när hon varit kidnappad hade dock gjort att hon var väldigt tystlåten och låg och grät oavbrutet. Läkaren hade därför nyligen låtit dem ge henne lugnande medicin. Markus tackade för informationen och sade att han tänkte titta upp till henne under kvällen, oavsett om hon sov eller inte.

När han kom dit hade hon nyss vaknat och hon blev glad för att se honom. Marie hade inget minne av att han varit med i ambulansen på väg till sjukhuset. Ej heller vilka som hållt henne fången eller under hur lång tid, för hon visste inte att det var fredag.

När han kom ut från hennes sal en stund senare, ringde han sin piketchef och undrade om de tänkt på att Marie kanske behövde beskydd. Det fanns ju säkerligen någon anledning till varför hon hållits fången. och vad sade egentligen att de inte skulle försöka tillfångata henne igen, där hon låg, undrade Markus.

Piketchefen förstod hur Markus resonerade och skulle omedelbart prata med sin chef om att detta var något de borde ta på fullaste allvar. Han lovade att höra av sig så snart han visste något. Blev det mot förmodan avslag skulle han och hans mannar turas om att hålla vakt utanför, var det sista han sade för att lugna Markus så mycket det gick.

Markus kände hatkänslorna svalla upp ordentligt igen inom sig när han kom ut från sjukhuset. Aldrig i livet att de som åsamkat Marie det här skulle få leva vidare, tänkte han. Luften ute var kylig och fuktig vilket normalt sett hade varit vedervärdigt, men som det nu var kände han att hjärnan behövde kylas av, så att han skulle kunna tänka klart.

Han bestämde sig för att kontakta polisledningen för att få besked om hur det gick med sökandet efter de efterspanade. Svaret han fick var inte upplyftande på något sätt. De hade fortfarande inga spår efter förövarna. Det enda som var positivt var att de båda spårhundarna mådde bättre och tycktes klara av glykolförgiftningen utan framtida men.

Han ringde och sjukskrev sig under tiden han gick längs gatorna, dels för att han bestämt tid med nöten Anders Svensson men också för att han tänkte besöka Marie några timmar nästa dag. Det var bara det han orkade med just nu när allt var så förbannat jobbigt.

Markus visste inte när han kommit hem till deras lägenhet. Han väcktes av att grannens undulater tjattrade på som fan. När han tittade på klockan såg han att den snart var nio, så det var dags att pallra sig upp för att hinna slänga i sig lite frukost, innan han skulle träffa Anders Svensson. Han brukade kunna lösa en del problem på nätterna de perioder han inte sov så tungt, men så var inte fallet nu. I huvudet for tankarna omkring som i en karusell. Två stora muggar kaffe och ett par morfintabletter fick bli insatsen för att komma upp på banan igen, tänkte han och log för sig själv.

Lite efter tio dök Anders upp medan Markus stod och spanade bland olika sorters rakvatten. Förhållandet var sedan tidigare lite kyligt mellan dem och för att lätta upp det lite sade Anders att han räknade med att han skulle få ett hundra tusen kronor i ersättning. Detta skulle vara för tiden han varit häktad och frihetsberövad, sedan han plockats in av Skåne-polisen.

Markus som hatade när skattepengar gick till sånt här hummade med ett konstgjort leende tillbaka. Anders fortsatte med att säga, att han tänkte backa ur överenskommelsen om att han skulle döda Scott för sjuttiofem tusen. Han tyckte inte att det var värt risken, sade han. Däremot ville han ha samma ersättning för att vara tyst och inte tala om att han blivit lejd av snuten Markus Jansson att utföra ett mord på Scott.

Markus kände återigen att han höll på att koka över. Den dumme fan trodde tydligen att han skulle kunna göra sig en rejäl hacka. Det enda han hittills lyckats prestera var ju att skjuta så jävla vint att han träffat en gravid kvinna istället för Scott. För att inte bli för högljudd eller ta livet av honom på plats, sade han bara att Jonas som fört dem samman fick medla mellan dem i fortsättningen. Sedan gick de åt varsitt håll utan att vända sig om någon gång. När Markus kommit en bit ringde han till Jonas och sade att de behövde träffas och prata på "kafeterian" om en timme. Om en och en halv, fick han till svar.
Nittio minuter senare träffades de på gymmet, vars kodnamn var kafeterian, för att förvilla någon som eventuellt avlyssnade dem.

Markus började bli trött på riktigt. Han var van vid att kunna så fort som möjligt lösa de problem som dök upp emellanåt. Men den senaste tiden hade det ofta blivit mer trubbel när han försökt fixa dem på något sätt. Jonas såg att Markus verkade uppgiven och förstod allvaret i det senaste som måste ordnas. Om Anders Svensson inte fick pengarna han begärt, kunde det mycket väl resultera i att både han och Markus hamnade inför rätta. Att bli av med jobbet som polis var även det en grej som förmodligen skulle komma som ett brev på posten.

Jonas sade att även om Anders fick de sjuttiofem tusen som han ville ha, var det ju ingen garanti för att han i framtiden inte ville ha ännu mer. Problemet måste lösas på ett mer varaktigt sätt, sade han och funderade en stund.

Assar tog fram sin pistol för att kontrollera om det verkligen inte fanns mer i ammunition i den. Han hade för sig att den var laddad med sex skott när han lagt den i handskfacket på mercan och det hade ju bara behövts två för att skjuta sönder piketbussens bakdäck. Plötsligt kom han på att han och Ali provskjutit den i en grusgrop för någon månad sedan. De hade avlossat två skott var för att känna på vapnet så det var ju inte så konstigt att det var tomt nu, tänkte han och suckade.

När han precis stoppat ner pistolen i jackfickan hörde han en gren knäckas bara ett tjugotal meter ifrån sig. Assar halvsatt redan på marken men smög försiktigt ner till liggande för att försöka undvika att bli upptäckt. Några hundar hörde han inte, så med lite tur kanske de inte såg honom, tänkte han.

Granlund svor till när han råkade trampa på en torr gren som gick av. Han visste att det kunde räcka med en sådan grej för att förvarna dem de sökte efter. Det här var tredje passet på mindre än två dygn som hans grupp sökte igenom skogarna runt den dikeskörda mercan, utan resultat. Han ångrade lite att han nämnt den saknade glykolflaskan, för med spårhundar kunde de säkert funnit dem för länge sedan.

Han var även besviken på att ägaren till torpet hade hyrt ut det till en person, som i sin tur lånat ut det till ytterligare en som inte gick att spåra. De hade betalat i förväg mer än han begärt för ett par månader, för de sade att de ville bo där under svamp och bärsäsongen. Det hade ju låtit ganska trovärdigt så det var inget som någon tyckte var konstigt på något sätt.

Granlund visste också väldigt väl att de var tvungna att finna dem de sökte, för fingeravtrycken och DNA-spåren man hittat i bilen fanns inte med i deras register. Med andra ord hade de inte en aning om vem som hållt Marie fången i torpet annars.

Det var dessutom ett farligt och jobbigt uppdrag de hade. De visste inte om någon låg och siktade med ett vapen mot dem och de skottsäkra västarna och övrig skyddsutrustnig var hopplöst tung att gå runt i skogen med.

Granlund visste att hans mannar inte heller var bekväma med det här uppdraget och två småbarnsföräldrar i gruppen hade stannat hemma för vård av barn de senaste passen. Kanske var de rädda, trodde han.

Louise hittade två batteridrivna åsnor som hon köpte för att ta med till barnen i familjen Lindgren, för att de hjälpt dem att passa deras hund. Hon trodde det var viktigt att de fick likadana presenter så att de inte blev osams. Åsnorna kunde gå och de långa öronen slängde åt sidorna hela tiden! Viktigt var också att de inte var större än att de kunde få med dem på flygplanet.

Scott och hon hade nu bara drygt ett dygn kvar på Gran Canaria innan det var dags att resa hem. Sista kvällen satt de på sin hotellbalkong och njöt medan de lovade varandra att de skulle åka hit fler gånger.

-Jonathan! sade Scott plötsligt.

Louise tittade på honom med en undrande blick för att se om han fått värmeslag eller något liknande.

-Jag tycker vi ska döpa vår son till Jonathan efter min lillebror, fortsatte Scott.

Louise sade att hon tyckte att det var ett fint namn, men hon ville fundera lite på det innan de bestämde något.

Assar höll andan när en polis i full skyddsutrustning med långsamma steg gick bara några meter från honom. Han såg i ögonvrån att polismannens glasögon var rejält immiga. Det berodde förmodligen på att han var genomsvett i allt han hade på sig. Utan att röra sig såg han att det rann från pannan under hjälmen på honom. I normala fall hade det säkert varit hur lätt som helst för polisen att se honom, men nu kunde Assar tacka ödet för att han klarade sig. När de passerat ett femtiotal meter förbi honom, kände han att han kunde andas ut igen.

-Jag har en idè om hur vi ska få tyst på Anders Svensson, sade Jonas. Vi kan inte hålla på och mesa med honom, sådant sprider sig och snart ska väl var och varannan vi känner ha ersättning för allt möjligt.

Markus lyssnade intresserat men sa inget utan bara nickade instämmande och väntade på vad Jonas tänkte säga.

-Imorgon förmiddag är du och jag kommenderade till att vara med på ett seminarium om nya droger på Sollentunamässan. Vi ska bara vara med och lyssna och det skall vara färdigt klockan elva. Sedan tar vi bilen tillbaka och kör ner i parkeringsgaraget under Cityhuset och parkerar på vår reserverade plats i hörnet. Därefter tar vi hissen upp och äter lunch på vår restaurang. Markus visste vilken han menade, de hade nyligen blivit lovade tjugofem procents rabatt på dagens lunch där, bara för att de berömt deras mat och restaurangägaren gärna ville ha dem som stamkunder.

- När vi sedan kommer ner till bilen igen så ser vi till att Anders Svensson är där själv, för han räknar med att vi ska ge med oss och betala. För det är vad jag skriver i ett sms till honom nu.

Att vi fann honom rånad och misshandlad till döds när vi kom från vår lunch var ju otur. Inte för oss men för Anders Svensson, tillade Jonas och log.

Markus tyckte att det var en bra idè. I hörnet på parkeringsgaraget saknades belysning, det visste han sedan tidigare. Med ett par välriktade batongslag vore det en enkel match att få tyst på Anders en gång för alla.

Att just Jonas och han larmade om misshandeln skulle inte göra polisledningen misstänksam, däremot folket i den undre världen skulle genast förstå att Markus och Jonas var det ingen som drev med ostraffat. Markus tänkte också att med lite tur så hade Anders de femtiotusen kronorna på sig som han fått från början för att döda Scott. Om inte, så hade han med all säkerhet sina lägenhetsnycklar på sig, så då åker vi bara hem och hämtar dem sedan, samt kanske hittar något annat vi vill ha.

En minut senare plingade det till i Jonas telefon att han fått ett textmeddelande. Anders Svensson skrev att han skulle vara på plats själv klockan ett dagen därpå.

Ali blev överlycklig när han äntligen fick se ett hus som verkade bebott. Det var inte så att det var komplett glesbygd här i omnejden, tvärtom. Det var bara det att han fått smyga sig fram för att inte bli upptäckt och han var absolut inte säker på om han gått rakt västerut hela tiden. Det var fullt möjligt att han i stort sett gått runt i en cirkel. Det kom han ihåg att man kunde göra, för det hade han läst någon gång.

Han smög sig närmare huset för att se hur många som bodde där och kontrollera om där stod någon bil.

Mohammed hade i stort sett bestämt sig, han tänkte inte infinna sig till rättegången på tisdag. Det var precis två dygn tills dess så han hade god tid på sig att förbereda allt. Mohammed hade kommit överens med sin äldre bror Rafael i Enköping om att han skulle jobba av skulden på tjugofemtusen kronor, för Amirs likvidering.

Detta skulle ske genom att släkten tog tillbaka marknadsandelar de tappat den senaste tiden. Med så mycket våld som erfordrades skulle Rafaels mannar bistå med det, för att det skulle lyckas. På sikt tänkte sedan Mohammed bryta sig ur gruppen och starta upp någon annanstans, men först måste han göra sig skuldfri.

Hans fru skulle bo kvar i deras gemensamma lägenhet tills vidare. Att inte hans båda söner Ali och Assar svarade när han ringde eller skickade textmeddelanden till dem, gjorde honom frustrerad.

I massmedia hade han sett att en kidnappad kvinna hittats av polisen. Det stod dock inte preciserat var någonstans eller vad hon hette. Polisen var dock väldigt fåordig om förövarna gripits, av utredningstekniska skäl. Massmedia antog utan att alls veta säkert, att det var flera personer som polisen sökte efter.

Mohammed hoppades att de skulle dyka upp snart hos honom. För greps de av polisen, så blev de efter ett långt fängelsestraff förmodligen utvisade på grund av att de saknade svenskt medborgarskap. Mohammed ringde en landsman i Huddinge som han visste ägde ett par hyreshus. Han hoppades att han kunde hyra in sig där i någon liten vindsvåning eller liknande. Där borde även Ali och Assar kunna bo. Risken var mikroskopiskt liten att polisen skulle finna dem där. Det var bara en sak som störde Mohammed rejält mycket nu och som han befarade kunde bli ett riktigt stort problem. Han kände igen symptomen sedan tidigare och han visste att inom några timmar skulle han ha riktigt ont. Så pass att han inte skulle veta vart han skulle ta vägen. Mohammed hatade när han fick urinvägsinfektion.

Han visste hur det brukade sluta, efter ett dygns plågor fick han åka till akuten och vänta sex till åtta timmar på att en läkare tog prover. Sedan brukade det dröja ytterligare ett tag innan han fick någonting utskrivet som förhoppningsvis hjälpte. Som så många gånger tidigare försökte han att dricka citrusdrycker i stora mängder, men innerst inne visste han ändå att det hade aldrig hjälpt honom. Mohammed befarade att han höll på att bli så dålig att han inte skulle orka fly innan rättegången, utan vara tvungen att infinna sig. Skit också, tänkte han medan han för femte gången på en timme var tvungen att gå på toaletten. Svedan var lika svår som om någon skurit i honom med rakblad och han kunde inte hålla tårarna tillbaka.

Efter åter en underbar dag i Playa del Ingles var det dags att börja packa för hemresan. Louise hade väldiga bestyr med att få i den graverade glasskivan med så mycket skydd som möjligt om den, för att den skulle vara hel när de kom hem. Det var precis att den gick i på längden.Till slut var hon nöjd och trodde att den skulle klara sig.
Hon hade tittat lite på kulhålen när hon bytte plåster och tyckte de såg rätt bra ut. Louise hade tid dagen efter de kom hem hos vårdcentralen klockan femton, då de skulle plocka bort styngnen. Det passade bra, för hon jobbade bara fram till två. Scotts sår i huvudet hade hon också kikat på och det såg också helt okej ut. Han hade bara ett hudfärgat plåster på, som var lite väl ljust nu när han blivit solbränd på det rakade huvudet.

Seminariet på Sollentunamässan om nya droger var riktigt sövande. Föreläsaren malde på oavbrutet i tre timmar utan att säga något som de inte redan visste. Markus frågade viskande Jonas om han möjligen hade med någon drog så att han inte skulle somna, men det hade han tyvärr inte. När det var slut tog de polisbilen till parkeringshuset som planerat och var där halv tolv. Parkeringsrutan vid det dolda hörnet var ledig, precis som planerat, innan lunchrusningen kom igång.

Restaurangen hade torskrygg som dagens rätt, vilket smakade perfekt. Både Jonas och Markus gillade fisk, det var en rätt som passade för det mesta och man blev sällan spymätt av den, fast man åt lite extra.

Kvart i ett hade de även hunnit med lite kaffe på maten och en kaka, innan de tog hissen ner till parkeringsgaraget igen.

De räknade med att bara behöva använda sina batonger, men för säkerhets skull kontrollerade de att deras pistoler var laddade och i ordning. Man visste ju inte riktigt säkert om Anders Svensson hade något jävulskap i tankarna.

Kom han hit och började vifta med en pistol kunde de ju inte stå där och mesa med varsin batong. Då gällde det ju att kunna skjuta honom direkt och hävda att det skett i nödvärn.

De bestämde att Jonas skulle ta emot Anders Svensson när han kom och låta honom gå några steg före in mot hörnet bakom polisbilen. Under tiden skulle Markus hålla utkik, så att ingen såg dem eller att några bilar var på gång.

I skydd av polibilen tänkte Jonas slå ner Anders med ett hårt slag i nacken. Markus skulle sedan slå så hårt han kunde med sin batong i huvudet på Anders medan Jonas höll koll. Därefter skulle allt vara lugnt, de kunde larma att de kommit fram till en misshandlad person samtidigt som de muddrade honom.

Planen var lika enkel som genialisk, och den fungerade perfekt. Slaget som Jonas utdelade tog lite högre än vad som var meningen, men det gjorde inget. Hade Anders bara fått det, så hade han förmodligen varit helförlamad resten av livet. Risken fanns ju då alltid att han en dag lyckades berätta vad som hänt, och det vore ju olyckligt, tänkte Markus som såg träffen. Han gick därför som de kommit överens om fram och utdelade det dödande slaget. Batongänden träffade med ohygglig kraft tinningen på Anders och fortsatte in i halva skallen. Jonas kontaktade larmcentralen och sade att de funnit en okänd man svårt misshandlad i Cityhusets parkeringsgarage.

Tio minuter senare var ambulansen där och då hade Markus redan hittat kuvertet med pengarna i, som han hoppades återse. Jonas tog hand om Anders plånbok och hans mobiltelefon för att det skulle se ut som ett rånmord. I rapporten de senare skrev, konstaterade de sammanfattningsvis att inga vittnen funnits i närheten som kunde förhöras och att spår efter gärningsman saknades. I ett tillägg som inte allmänheten hade tillgång till, skrev de att i Anders Svenssons umgängeskrets fanns det många som var kapabla att mörda honom.

Kapitel 15

Varje morgon till frukost hade Louise fått en tallrik full med vindruvor, och när kyparen fick veta att de skulle flyga hem samma dag så kom han med en påse till, att ha på vägen. Hon hade läst i tidningen SOLO att man som gravid ofta blev speciellt sugen på något särskilt och i hennes fall var det tydligen gröna vindruvor.

Scott hade roligt åt henne och sade att hon nog snart var beroende av dem. När han fortsatte med att det kanske med tiden gick över till att hon drack en box vin om dagen när hon blev tant, blev hon sur. Hon sade att hon tänkt ge honom några vindruvor att smaka på, men efter det han sagt skulle han bli utan.

Transferbussen de åkte med till flygplatsen hämtade upp resenärer på massor med platser och körde snabbt. Det dröjde inte länge förrän Louise var illamående och ville kräkas. Som väl var klarade hon sig tills de var framme, och när hon kom ut i friska luften igen mådde hon lite bättre.

Flygresan gick bra och de landade på Arlanda flygplats utsatt tid. När de satt sig på flygbussen som gick till Centralstationen ringde det i Scotts mobiltelefon. Han kände inte igen numret men svarade ändå. Det visade sig att det var en blomsterbutik som ville leverera en blomsterbukett till dem och undrade om de var hemma innan klockan arton. Scott svarade att det borde de vara. Senast kvart i sex, tillade han, utan att komma ihåg att fråga vem de var ifrån.

Marie och Markus hade haft en omtumlande dag, på var sitt håll. Marie hade tillbringat en stor del av förmiddagen hos en tandläkare som lappat ihop henne i munnen. Han hade sett mycket värre berättade han för henne, för han fick ofta in ishockeyspelare där det var rent i truten som på en nittiofemåring! Tandläkaren frågade henne om hon ville veta exakt vad han skulle göra, i så fall kunde han berätta det. Men Marie svarade att bara det inte gjorde för ont var hon nöjd. Han lugnade henne med att säga att det knappt skulle kännas något när bedövningssprutorna var satta, och det var ingen risk att det syntes några defekter på tänderna när han var färdig.

Hon försökte att slappna av lite, men kom på sig själv massor med gånger att hon spände sig för fullt.

Tandläkaren hade ju rätt, det kändes knappt något när han höll på, men trots det var hon stel som en pinne. Efteråt var hon tacksam att det värsta var över vad det gällde hennes tänder. Däremot spelades de hemska dygnen som kidnappad upp sig oavbrutet i hennes hjärna. När de förde Marie till hennes sal igen såg hon att det var en polis som var med och hjälpte henne.

Hon kände sig först lugnad av det, men några sekunder senare förbyttes allt till oro. Att en polis vaktade henne måste ju helt klart betyda att de som hållit henne fången fortfarande var på fri fot. Tydligen visste de inte om hon riskerade att tillfångatas igen av galningarna. Marie kände att hon mycket hellre ville dö, än att utsättas för samma helvete en gång till.

När rapporten var skriven om Anders Svensson gick Markus hem till sig.

Han hade visserligen en timme kvar att arbeta, men han kände att han verkligen behövde komma bort från arbetet en stund.

Visst var han glad att få tillbaka sina pengar, men det vägde inte riktigt upp allt annat elände. Det som tyngde ner allt var att hans fästmö blivit svårt misshandlad, Scott var fortfarande livs levande och att hans medarbetare inte hade minsta spår efter Maries kidnappare.

Sedan var det en grej till som han inte kunde koppla bort hur mycket han än försökte. Markus hade tidigare dödat människor han inte tyckt om, men då hade det alltid varit med överdoser eller sin pistol. Den här gången däremot, när han hört Anders Svenssons skalle krossas av hans batongslag, var något helt annat. Gång på gång kom ljudet tillbaka i hans hjärna och han visste inte vad han skulle göra för att stänga av det.

Han ville inte trycka i sig för mycket sprit och droger som han trodde egentligen skulle hjälpa, för han ville inte komma till Marie och vara helt påtänd.

Han bestämde sig för att dricka ett par muggar kaffe och sedan gå till Marie och se hur hon mådde.

När han kom hem så skulle han minsann kurera sig mot skittankarna som studsade runt i huvudet på honom.

Marie berättade för Markus att det mesta var gjort hos tandläkaren. Visst fanns det en del kvar att göra, men det värsta hade hon bakom sig, hade han berättat. Markus tyckte hon verkade trött och medtagen, vilket inte var så konstigt. Men han sade inget om det, utan bara att det skulle bli skönt när hon kom hem igen.

Marie berättade att de fick se på ronden nästa morgon när de skulle skicka hem henne, men det var förmodligen inte så långt borta. Hon undrade även hur det blev med hennes beskydd när hon lämnade sjukhuset, skulle det sitta en polis utanför deras lägenhet och vakta där med? Markus såg uppgiven ut, han trodde inte att det fanns resurser till det. Han sade dock att hon skulle försöka att inte tänka på det så mycket, för på något sätt gick det säkert att lösa. Han kunde sjukskriva sig en vecka och vara hemma hos henne, var ett alternativ. Den som försökte komma in och bråka då tänkte han skjuta direkt. När Marie blev lite piggare kunde han ta ut kompensationsledigt en vecka så kunde de resa bort någonstans. Helt plötsligt hade han ju fått tillbaka femtiotusen kronor som gick att ha lite roligt för. Så mycket var dock helt klart, tänkte Markus, att så länge de som hållit henne fången inte hittats, skulle hon inte vistas ensam hemma. Om det drog ut på tiden kanske hon kunde bo hos sina föräldrar ett tag.

Mohammed hatade att han hade haft så rätt i sina tankar om framtiden. Mycket riktigt hade det blivit som han befarade, urinvägsinfektionen blev bara värre vart efter tiden gick. Detta trots att han hinkat i sig apelsinjuice och citrondricka i mängder. Lik förbannat hade de skickat hem honom för att dricka ännu mer för att det kanske skulle gå över. Mohammed hade bara gått ut och vänt innan han återigen gick in. Vad han sagt då kom han inte riktigt ihåg, men av någon anledning fick han träffa en läkare som skickade honom till provtagningsavdelningen med en akutskylt, så han kunde gå före alla.

Han hoppades att han inte hotat dem för häftigt och blev anmäld. Men i nästa sekund tänkte han att det var skit samma, han hade ju redan en rejäl lista med åtalspunkter, så ett litet hot hit eller dit var väl inte hela världen. Han kunde ju alltid skylla på språkförbistring, tänkte han och log.

Tyvärr så lindrades inte besvären nämnvärt, utan var fortfarande outhärdliga. Klockan var nu tjugotvå på kvällen den femte september, och det var precis tolv timmar tills han skulle infinna sig i rättssalen.

Natten var hemsk och han fick ta sig till sjukhuset tidigt på morgonen för att han inte stod ut längre. Han fick då några tabletter så värken avtog lite och han behövde inte gå på toaletten lika ofta.

Mohammed insåg att han inte kunde fly i det tillstånd som han befann sig, i fall han behövde mer sjukhushjälp. Det värsta var att han inte visste hur hans bror Rafael skulle reagera på att han inte fick sina pengar de närmaste tre åren. Om de skulle göra en fritagning av honom från anstalten när han väl satt inne, var taxan ytterligare tjugofem tusen kronor.

Det var pengar som Mohammed inte heller hade, utan som i så fall måste arbetas av hos Rafael. Tungt suckande tänkte Mohammed att allt var botten och undrade om det kunde bli värre.

Den enda som kändes riktigt viktigt nu och som gick före allt annat, var dock att han slapp smärtorna och blev bra igen.

Det andra fick lösa sig med tiden.

Blomsterbudet ringde på dörren bara någon minut efter att de kommit hem till sin lägenhet. Hon fick en tjuga för besväret innan hon rusade ner för trapporna. När Louise öppnade papperet runt blommorna såg hon genast ett kort som hon läste. Blommorna var från polismästare Östen Karlsson som skickade en försenad grattishälsning till deras bröllop. Innan Scott stack iväg för att lämna leksaksåsnorna hos Lindgrens och hämta Henrik, frågade Louise om de skulle bjuda Östen på kaffe som tack. Visst, det går bra, ta det gärna någon kväll i veckan om det passar, sade Scott. Kanske får bli imorgon kväll då, om han kan, för sedan jobbar jag kväll i några dagar, svarade Louise.

Hon ringde direkt för att tacka för de fina blommorna och frågade om han ville komma på en fika.

Östen svarade att det gjorde han gärna. Han tyckte det var ensamt efter jobbet i en stad där han inte bott tidigare. Sedan att hans fru gått bort nyligen, var ju den största boven i dramat, berättade han. Han skulle komma runt nitton kvällen därpå kom de överens om, innan de lade på.

Den en gång vita jackan som Ali hade, var numer så smutsig att det var omöjligt att säga vilken färg det var på den nu. Han hade gått omkring i blöta kläder i nästan fem dygn och bara levt på lite vatten och en del övermogna blåbär som han hittat. Vattenflaskan hade han fyllt på i en sjö och sedan druckit, utan att bli magsjuk. Han var själv förvånad att han inte blivit dålig av det. Nu ville han helst av allt dricka litervis med friskt kranvatten och äta en stor pizza till. Men hur det skulle gå till visste han inte.

En timme hade han legat stilla och glott mot det lilla röda huset med vita knutar. Emellanåt skymtade han en person bakom gardinerna som rörde sig ganska långsamt. Ali anade att det var en äldre människa som bodde ensam, men han ville vänta en stund till för säkerhets skull. Ali var livrädd för hundar men som väl var hade han varken sett eller hört några. De enda djur han sett var ett par katter som gått över gårdsplanen. Det fanns en del uthus som hörde till huvudbyggnaden, men det verkade inte som om något av dem kunde vara ett garage. Personen som bodde där hade följdaktligen troligtvis ingen bil, vilken var en stor nackdel. Ali hade gärna gått in och tilltvingat sig ett rejält skrovmål och sedan krävt att få bilnycklarna för att smidigt komma från platsen. Nu när det inte fanns något sätt att snabbt komma därifrån, visste han inte riktigt hur han skulle göra. Antingen gå in och äta och binda fast personen eller ta sig vidare till ett annat hus där det stod en bil parkerad utanför. Han önskade att Assar varit hos honom, för han kanske kunde sagt hur de skulle göra.

Lindgrens barn blev överlyckliga för leksaksåsnorna de fick. Henrik och Scott var också två som blev jätteglada att ses igen. Mamman berättade att det gått bra och att de förmodligen skulle köpa hund själva. Gärna en blodhund som Henrik för det verkade vara en tillgiven och snäll ras. Hon sade att det inte hindrade att de var hundvakt fler gånger åt dem, det gjorde de jättegärna. Mamman berättade också att hennes man arbetade på en båttillbehörs firma, och han undrade om han skulle fixa en ny stävstege till deras segelbåt.

De hade själva en motorseglare vid samma brygga, och ville Scott så kunde han få monteringen fixad när han ändå var där nästa gång. Scott ville fundera lite och höra vad den nya kostade innan han bestämde sig. Trots att de chillat en hel vecka var de ändå helt slut och gick och lade sig före klockan nio på kvällen. Fast de anade att de skulle vara trötta morgonen därpå när de skulle iväg och jobba, satte de larmet en halvtimme tidigare än de egentligen behövde. De ville båda vara med och ta en lite längre promenad med Henrik nu när de inte sett honom på en hel vecka.

Polisledningen hade trappat ner eftersökandet av kidnapparna till endast en patrull i området. Notan skulle ändå bli svindyr för all personal samt de två helikoptrarna som turats om att vara uppe de två första dygnen. Nu hade det gått så lång tid att man bedömde det som osannolikt att de var kvar i området. Det var ett klart misslyckande för polisen som inte hade ett dugg att gå på. De visste inte ens vilka de var. De upplysningar som Marie kunnat ge var i princip värdelösa. Polisledningen lovade att ha ett visst begränsat skydd av Marie tills gärningsmännen var gripna. Markus fnös åt det hela, han visste att när de sade så var det inte värt att nämna ens. Med alla åtagande som polisen redan hade skulle det i slutänden inskränka sig till att det passerade en polisbil utanför bostaden någon gång om dagen, inte mer.

Mohammed kände sig lite för dålig för att fly i ett sista desperat försök, men ändå inte sämre än att han skulle kunna infinna sig till rättegången.

Två av hans söner, de som också gripits vid tillslaget, hade fått samma dag som han själv i tingsrätten fast lite senare. Mohammeds fru var väldigt nedstämd ,dels för två söners död den senaste tiden, men även för att hon visste att hon skulle få klara sig själv ett bra tag när deras fängelsestraff skulle avtjänas.

Ändå hade hon sagt att hon skulle vara med som åhörare under rättegången, fast hon anade att det skulle vara påfrestande.

Mohammed skickade ett textmeddelande till Assar och Ali medan han väntade på att hans fru fick på sig ytterkläderna.

Han skrev telefonnumret till deras landsman som ägde ett par hyreshus och föreslog att de tog kontakt med honom om de behövde bostad. Mohammed saknade dem och visste mycket väl att så länge han satt inne skulle han inte få träffa dem.

Advokaten hade inte kunnat göra så mycket, bevisningen var alldeles för stark, inte minst filmsekvensen som var tagen när Mohammed försökte göra sig av med heroin och amfetamin genom att slänga det från balkongen. Vapnen och de stora summorna pengar som tagits i beslag talade också sitt tydliga språk.

Domen löd på tre års fängelse för Mohammeds del. Som vanligt så kunde det bli aktuellt att han släpptes tidigare om han skötte sig väl och inte var inblandad i några olagliga affärer på anstalten.

De ångrade sig inte det minsta att de ställt larmet tidigare än de behövt. Efter dusch och frukost tog de Henrik på en lite längre promenad än vad han brukade få de dagar de arbetade. Det märktes väl på Henrik också att han saknat husse och matte medan de varit utomlands. Han vände sig ofta om för att se om de var med. Louise som slutade redan klockan två, lovade att fixa lite fikabröd till kvällen när Östen skulle komma. Hon fick se när de plockat bort stygnen på henne hur hon kände sig. Antingen tänkte hon baka något eller fick det bli något färdigt från konditoriet i närheten. Scott tänkte höra med sin chef Niklas Ohlsson om han kunde gå ifrån på onsdag en stund för att bli av med sina stygn.

När Scott kom till sitt arbete fick han veta att den som tagit hans kaffemugg drygt ett par veckor tidigare, hade misshandlats till döds. När han fick höra att han hette Anders Svensson kom han ihåg att han suttit inne samtidigt på en anstalt med honom. Scott mindes att han tyckt illa om honom redan då, och tänkte för sig själv att det här borde firas när han kom hem med lite whiskey köpt på Gran Canaria. Även om det var en vanlig tisdag så var det här absolut något speciellt.

Assar hade slut på sitt vatten och hade slängt iväg den gamla saftdunken. Lite blåbär och vildäpplen var vad han hade livnärt sig på den senaste tiden. Han tyckte det var märkligt att det fanns så stora ytor utan vägar eller bebyggelse i Sverige. Några små skogsvägar var det enda han träffat på under hela tiden.

Just som han gick och tänkte så här kom han fram till ett fält och på andra sidan det, låg ett mindre hus. Det verkade vara bebott, för det rök ur skorstenen och gräsmattorna verkade vara nyklippta. Assar beslöt sig för att ta sig närmare för att om möjligt kunna sno till sig något att äta åtminstone. Han tänkte inte gå rakt över fältet och bli upptäckt med en gång, utan gick istället nerhukad i ett dike för att inte synas. Emellanåt stannade han och lyssnade och tittade upp försiktigt, men hittills verkade allt lugnt.

Det luktade kladdkaka när Scott kom hem från jobbet och han blev så sugen att han kunde ätit upp hela formen själv.

Han undrade om det fanns någon smakbit som blivit över. Men tyvärr var det inget kvar, svarade Louise, dem hade hon redan ätit upp. Louise berättade att hon köpt glass till och några kanelbullar som de skulle ha när Östen kom. Stygnen var bortplockade och det hade läkt fint, berättade hon. De hann med en liten promenad med Henrik innan Östen skulle komma, så de passade på att gå en sväng. Louise ville inte gå så snabbt för hon kände av graviditeten mer för varje dag som gick.

När Östen kom hade han med en likadan hundleksak som Henrik redan hade. Det var en gummigris som pep när Henrik bet på den. Det var dock bara bra att han fick en ny, för den andra var alldeles sönderbiten.

Östen tyckte att de hade en trevlig lägenhet och var imponerad av den fina utsikten de hade över parken.

Kanelbullarna var stora och smakade gott. Till påtåren serverades kladdkakan med gammaldags vanijglass som var precis lagom tinad.

Polismästaren berättade för dem att den trolige gärningsmannen som beskjutit dem på deras segelbåt, Anders Svensson, blivit rånmördad under helgen.

Scott hajade till när han hörde namnet och undrade om det verkligen var samma person som varit anställd på Bussvård syd, och följdaktligen skickat hotmeddelandet till Louise.

-Var det Anders som Scott förföljde ner till Helsingborg också, frågade Louise.

Östen svarade att så var fallet, så honom lär ni inte bli beskjutna av fler gånger, tillade han och log.

Polismästaren såg genast ganska bekymrad ut, precis som om han kommit på något som inte var så bra.

-Man undrar bara om Anders Svensson verkligen tyckte så illa om er att han ville skjuta er, eller om han var lejd av någon, sade polismästaren.

Risken finns ju då att personen låter en ny person ge sig på er, tillade han eftertänksamt.

Östen ville inte berätta i nuläget att det framkommit att Anders Svensson haft över femtiotusen kronor på sig vid gripandet. Att detta möjligen var pengar för att han skulle döda Scott, behöll han för sig själv. Alla tre tappade lusten lite för att fika, men gjorde det trots allt för att det smakade så gott. Utan att någon sade något så anade de att de tänkte på samma sak. Att det verkade som om mardrömmen aldrig skulle ta slut.

Kapitel 16

Allan var uppväxt på den lilla gården Skoghem en mil utanför Sala. En tid från det att han gjorde sin värnplikt på I 4 tills en bit in i arbetslivet inom Statens Järnvägar hade han bott i Linköping. Sedan när hans föräldrar gått bort hade han tillsammans med sin fru flyttat hem till Skoghem och övertagit gården. Allan levde nu ensam efter att de skilt sig 2010.

Allan brukade sätta på radion redan klockan sju varje morgon, och sedan fick den stå på ända tills han gick och lade sig för natten. Det var lite sällskap tyckte han, utöver radion hade han bara en katt som kom och gick som den ville.

När han hörde att klockan slog i TV-rummet brukade han ofta dra sig ut till köket där radion stod, för att lyssna på nyheterna. Han hade lite svårt att resa sig från en stol om han suttit en stund, så istället fick det ofta bli till att stå och titta ut genom köksfönstret när han lyssnade.

Den här förmiddagen, den sjätte september klockan halv elva, var inget undantag.

Men medan han lyssnade på de lokala nyheterna såg han något som inte stämde när han tittade ut. En okänd man smög omkring på gården vid uthusen. Allan hade de senaste dagarna hört att det skett många bostadsinbrott utanför Sala, så han blev inte direkt förvånad. Han kände sig dock för gammal och skröplig för att jaga bort inkräktaren själv, så han ringde till en granne för att be om hjälp. Tyvärr var det ingen som svarade.

Östen skickade ett textmeddelande till Loiuse dagen därpå och tackade för senast. Han frågade också om han fick bjuda hem dem på middag någon gång framöver. De fick gärna ta med sig Henrik som han redan tyckte mycket om. Han skrev också att han ville diskutera en sak med Scott som kanske kunde vara intressant. Mer stod det inte, för Östen ville helst prata med honom istället för att skriva allt på telefonen.

Maries läkare sade på ronden att hon skulle få åka hem under eftermiddagen. Han bokade dock in ett återbesök redan en vecka senare, för att kontrollera att hon återhämtade sig som hon skulle. Fysiskt såg han inte att hon skulle få några bestående men, däremot hur hon tog händelsen psykiskt var dock för tidigt att uttala sig om. Läkaren ville att hon hörde av sig till en kurator om hon kände att hon behövde det. Han sade att de hade flera på sjukhuset som var duktiga inom området och att hon inte skulle tveka att be om hjälp.

Marie tackade för erbjudandet och sade att det var omtänksamt. Innerst inne kände hon dock i nuläget ett rejält motstånd för att diskutera något så här allvarligt med en helt okänd människa, även om personen var kurator. När läkaren gått ut från salen ringde hon till Markus och berättade att hon skulle få åka hem efter lunch. Markus blev glad och lovade att han skulle veckohandla innan han kom, så det fanns lite att välja på när de blev hungriga. En fördel till som han inte nämnde var att han inte ville lämna henne ensam hemma, ifall det dök upp någon typ. Markus räknade med att de som kidnappat henne mycket väl visste var de bodde.

Han hade kikat in i alla uthus nu utan att finna något ätbart. Ali hade hoppats hitta åtminstone några kartonger med vinteräpplen eller några burkar sylt, men det fanns inget. Så mycket stod också helt klart, att det saknades bil. Det ända fortskaffningsmedel han hittade var en gammal cykel där bakhjulet var tomt på luft. Snart var han desperat att få något att äta, vad som helst.

Återstod bara att ta sig in i huset, oavsett om det var någon hemma eller ej. Ali satte sig på huk bakom några vinbärsbuskar och kikade in mot huset som bara var femton meter från honom. Han tyckte sig skymta en människa bakom gardinen som förut, men kunde inte bedöma hur gammal personen var.

Allan ringde polisen när inte grannen svarade.

Han blev lite förvånad av att de svarade redan efter en signal, och ännu mer snopen när de sade att de hade en polispatrull i närheten.

Den borde utan bekymmer kunna vara hos Allan inom tio minuter, sade receptionisten. De bad Allan att se till så att alla dörrar var låsta, samt att inga fönster var öppna. Han fick under inga omständigheter försöka hindra förövaren från att stjäla saker, det hade nämligen sluta illa för personer som fått besök tidigare.

Allan tvekade ett tag. Sedan länge hade han ett jaktgevär i en garderob som var laddat och färdigt.

Han skulle helt klart känt sig lugnare med det hos sig, om det kom in någon objuden till honom.

Redan när Mohammed kom till anstalten bestämde han sig definitivt för att han på något sätt skulle göra allt för att komma därifrån. De flesta som satt inne där var yngre än honom men visade ingen respekt. Det märktes med en gång att de tänkte hålla ihop och göra allt för att knäcka honom. I verkstaden där de tillverkade adventsljusstakar fick Mohammed hela tiden knuffar och det var ingen av de andra som vek åt sidan när de möttes. Tvärtom, de gjorde allt för att tackla till honom så hårt det gick. Plitarna verkade inte vilja se det eller bry sig. Tyvärr hade hans båda söner hamnat på en annan anstalt, så där han själv var placerad kände han inte någon.

När Assar bara hade femtio meter kvar till huset hörde han en bil komma mot sig.
Han kröp vidare i diket närmare huset för att få lite bättre skydd. Om han kom fram till den lilla skogsdungen som låg bakom huset, borde han lättare kunna se vad som försegick. Assar hoppades att det exempelvis var en lantbrevbärare eller personal från hemtjänsten som skulle besöka någon i huset. I så fall tänkte han tvinga till sig deras bil och åka därifrån. Assar kände sin oladdade pistol skava mot höften när han kröp vidare och tänkte, att med den skulle det förmodligen gå väldigt smidigt. Han hade aldrig varit så hungrig eller törstig någonsin, men hoppades att det snart skulle bli ändring på det. En jättelång varm dusch och rena kläder stod också väldigt högt upp på listan, tänkte han när han bara hade några meter kvar till dungen.

När Allan tittade ut genom fönstret efter att han ringt, såg han inte någon därute. Han gick runt och tittade ut åt alla håll men personen han sett var som bortblåst. Det var så fuktigt ute nu när det hunnit bli september och solen inte hade kraft nog att torka upp. Allan försökte se om det var fotspår i gräset, men upptäckte inga.

Plötsligt hörde han en ruta i ytterdörren krossas och en stor sten landade på golvet i hallen. Precis när Allan hunnit dit från köket, såg han en hand stickas in genom den trasiga rutan och leta efter låsvredet.

Louise jobbade eftermiddag några dagar i rad, så på förmiddagen var hon hemma med Henrik medan Scott jobbade. Scott cyklade alltid hem vid lunch och när hon jobbade så här kunde de äta tillsammans, innan de båda skulle vara på arbetet klockan ett. Louise tänkte på vad deras son skulle heta. Scott hade föreslagit "Jonathan" och ju mer hon tänkte på det, så började det kännas rätt. Hon ville dock inte att de skulle bestämma sig helt förrän barnet var fött. Hon hade läst och även hört från väninnor att det hände att man visste först efter födslen vad barnet skulle heta. De hade sagt att man kunde se om det var exempelvis en"Jonathan" eller en "Vilgot". Fan vet om jag tror på det skitsnacket egentligen, tänkte hon och log för sig själv. Louise tittade på deras blodhund som låg och bet i leksaksgrisen han fått av Östen. -Tänk om vi ser att bebisen är en "Henrik", ska vi döpa sonen till "Henrik den andre"då? Hon fick som väntat inte ens en blick till svar, för Henrik var fullt upptagen med att få sin gris att pipa så mycket som möjligt, genom att bita den i röven.

Ali var så försiktig han kunde när han sträckte in sin hand genom den trasiga rutan i dörren. Lik förbannat kände han att han skar sig på handleden, när han letade efter låsvredet.

Plötsligt hörde han en bil köra in på gårdsplanen. När han vände sig om fick han se att det var en polisbil.

Skit på riktigt också, hade jag vetat att jag skulle gripas kunde jag ju besparat mig över fem dygn i skogen och låtit dem ta mig redan vid bilen, tänkte Ali.

Allt kämpande i fukten och kylan kändes så onödigt nu.

Han anade att det till på köpet skulle ta ännu längre tid nu, innan han fick något att äta och dricka.

Snuten skulle säkert försöka klämma honom på så mycket information de ville ha, i utbyte att ge honom mat efter förhören.

Poliserna som jobbat ihop i flera år var glada åt att äntligen gripa en inbrottstjuv på bar gärning. Nästan alltid var de ett steg efter och kunde bara skriva en utredning som oftast sedan lades ned. De började genast fråga ut Ali, samtidigt som en av dem plåstrade om handleden på honom. Ali hade hört från sina vänner att hur mycket polisen än frågade, så var han inte skyldig att svara. De var tvungna att erbjuda honom en advokat och sedan kunde han sköta snacket åt honom. Polisen som satte på handfängslet tog ingen hänsyn till att det hamnade rätt över den nyss omplåstrade handleden. Tvärtom så drog han åt några extra klick för att de skulle skava ordentligt. Ali grimaserade av smärta. När han tittade upp på polisen kunde han läsa hans blick och ansiktsuttryck tydligt. Här ska du få för att du terroriserat en massa ärligt folk, sade den.

Samtidigt som den ena polisen förde Ali mot polisbilen, gick den andre fram till Allan för att prata med honom. Allan sade att han själv var helt oskadd, däremot var han osäker på hur han skulle få fönstret i dörren lagat. Polisen lagade rutan provisoriskt med hjälp av silvertejp och en bit kartong, medan han frågade vad Allan hade för försäkringsbolag. Allan hade i alla år haft Länsförsäkringar, svarade han. -Ring dem och berätta vad som har hänt, så talar de om vem som ska laga fönstret och om det är någon självrisk som du måste betala, sade polisen medan han gick ut till sin kollega igen.

Markus åkte och hämtade sin fästmö Marie som överenskommet när han varit och handlat.
Hon rörde sig tämligen obehindrat men såg ut som om hon varit med i ett riktigt raggarslagsmål, tänkte Markus när de gick till bilen.
Marie berättade att morgonen därpå hade hon tid hos tandläkaren igen, men att det förmodligen inte skulle ta mer än en timme den här gången. Och hälften av tiden var visst avsatt till att bedövningen skulle hinna börja verka ordentligt, tillade hon. Marie såg verkligen fram emot att få komma hem igen. Hon hoppades att det skulle få henne lugnare på nätterna än på sjukhuset, där hon ofta vaknat upp genomsvett efter en mardröm. Nattsköterskan hade då kommit direkt med tabletter så att hon kunde somna igen. Marie hade fått massor av tabletter utskrivna, men var sedan tidigare emot för mycket pillertrillande.

Klockan var lite efter tolv när Scott kom hem för att käka lunch. När de åt tillsammans berättade Louise vad Östen skrivit. Scott blev lite nyfiken på vad det var som polismästaren ville berätta och bad att få läsa meddelandet. När han kikat på det, sade han att de var tvungna att tacka ja till käket för att få veta vad han ville. Förresten kunde de ju vara kul och komma till Östen och äta något riktigt gott.

-Han berättade när vi åkte från Helsingborg, att laga mat, det var hans största hobby, sade Scott.

Louise lovade att hon skulle skriva tillbaka till Östen lite senare. Hon var tvungen först bara att kontrollera med chefen så att det inte var några schemaändringar på gång. Scott trivdes mycket bättre på arbetet nu när Anders Svensson var väck. Det var i och för sig inte så mycket som han träffat honom, men det var fullt tillräckligt. Det skulle komma en ny medarbetare veckan därpå, berättade förmannen Niklas. Vad han hette kom han inte ihåg, men det skulle han ta reda på till nästa fikapaus, lovade han.

Rafael besökte sin bror Mohammed redan andra dagen på anstalten när det var besökstid. Båda tyckte det var smidigt att kunna prata med varandra fast det var vakter som stod och lyssnade. De räknade inte med att någon av dem förstod arabiska, för de såg ut som blåögda svennar allihop. Rafael sade att det var en ganska riskfylld operation att frita någon från anstalten och förmodligen skulle han behöva en del hjälp från utomstående, som han inte var släkt med.

Mohammed stod dock på sig, han ville ut därifrån så snart som möjligt och undrade om det verkligen behövde kosta så mycket som tjugofemtusen kronor. Rafael svarade att det var troligt att de måste muta någon vakt för att ens få tag på ritnigar över anstalten och vilka lås som var installerade. Och sådant kostar mycket pengar, sade han och såg bekymrad ut. Mohammed påpekade då att de var ju bröder och att om det varit ombytta roller, skulle han aldrig tvekat en sekund att ställa upp gratis för Rafael. -Du är redan skyldig mig tjugofemtusen kronor för att jag såg till att din olydige son Amir likviderades. Mina två söner skall ha ersättning för förlorad arbetsinkomst när de åkte till Iran och bara flygbiljetterna kostade över tolvtusen kronor, sade Rafael medan han såg att en vakt visade att det bara var två minuter kvar på besökstiden. Han lovade att komma tillbaka inom en vecka efter att ha utarbetat en flyktplan, men trodde inte att han kunde göra något åt priset.

Assar hade när han krupit fram till dungen sett att det var en polisbil som kom. Först tänkte han att det var världens otur, men ganska snart kom han på att det kanske var precis tvärtom. Bakom slyet kunde han spana på vad som hände utan att riskera att bli upptäckt. Han såg sin bror plåstras om och sedan få handfängsel. När poliserna delade på sig såg han sin chans att ta sig närmare dem. Medan den ena polisen förde bort Ali till polisbilen och den andre pratade med den äldre mannen, tog han sig ända fram till huset och ställde sig bakom en knut för att invänta rätt tillfälle.

Assar räknade med att polisen som var i färd med att laga ytterdörren provisoriskt, snart skulle gå bort till sin kollega för att åka därifrån. Och mycket riktigt, när polisen lämnat huset och hunnit runt tio meter därifrån, rusade Assar fram så ljudlöst han kunde. Innan den gamle mannen hunnit stänga, satte Assar en fot emellan karmen och dörren för att förhindra det. Snabbt tog han ett armvecksgrepp bakifrån runt halsen på gubben som var cirka tjugo centimeter kortare än han själv. Assar tyckte att den gamle mannen var så lätt att han utan vidare kunde lyfta honom så att han ströps, så han släppte efter en aning. Förmodligen berodde det på att han själv hade extremt mycket adrenalin pumpande i ådrorna för tillfället och att gubben var gammal och tunn. Sekunden efter slet han fram sin pistol och satte mot tinningen på mannen, medan han vrålade att poliserna skulle lägga sina pistoler på marken. Assar behövde inte förklara varför, poliserna lade lydigt ifrån sig sina vapen och sträckte sakta upp sina händer i luften. -Ta bort handbojorna på min bror! var nästa kommando poliserna fick höra. När det var gjort gick Ali bort till Assar och undrade vad han skulle göra. -Gå in i huset och plocka med något vi kan äta och dricka. Lägg allt i en kasse eller korg om du hittar någon. Ali nickade och gjorde som Assar bett honom. Under tiden fick poliserna ta av sig allt utom sina underkläder och lägga i en hög var. Runt ett stort lövträd i trädgården fick de sedan sätta ihop sina händer med hjälp av handfängslena. -Nu kan ni leka trädkramare ett tag, sade Assar och skrattade.

Nästa dag när Louise jobbade eftermiddag igen, gick hon upp samtidigt som Scott fast hon kunde tagit sovmorgon. Hon berättade att hon var så sugen på att få upp glasskylten de köpt på Gran Canaria på väggen, under "SCOTT 20SEXTON"-skylten. Louise hade legat och tänkt en bra stund under natten när hon ändå inte kunde sova, på hur hon ville ha det. Hon visste sedan tidigare projekt att det var viktigt för henne att hon kom igång direkt på morgonen med sådant här. Annars var det stor risk att hon glömde vissa bitar på hur hon tänkt ha det. Bilderna hon tagit nere i Playa del Ingles under bröllopsresan såg bra ut på datorn, så det borde gå att göra något som hon blev nöjd med. När fotomontaget blev färdigt skulle hon beställa en bild på internet i rätt storlek, för de hade ingen färgskrivare själva.

Scott hade glömt vad mannen i familjen Lindgren hette, så han slog in deras telefonnummer på en söksajt på nätet. Hans och Greta Lindgren Murvelgatan 2C, stod det och Scott garvade lite för sig själv. Han skickade sedan ett textmeddelande till Hans för att få veta vad en ny stävstege skulle kosta till deras segelbåt. Den var lyckligtvis det enda som skadats när deras herrelösa segelbåt ränt rakt in i bryggan. Den hade fungerat som en stötdämpare och böjts till något oigenkännligt. Förmodligen hade den bromsat upp båten lite mjukt, för det fanns inga sprickor i fästena någonstans.

Några minuter senare fick han svar från Hans, att med rabatt och kundkort kunde han sälja den för sexhundra kronor. Och då erbjöd han sig att montera den också, skrev han. Vi kör på det, svarade Scott i ett sms och tackade för hjälpen.

Hans skrev att han ändå skulle ner till sin båt under eftermiddagen, så han kunde fixa bytet då. Betalning kunde Scott swisha över till hans nummer, så skrev han ut ett kvitto till nästa gång de träffades. Scott var glad att det skulle lösa sig så snabbt och billigt. Han svarade att om Hans behövde hjälp med något så var det bara att höra av sig, så skulle han ställa upp.

Markus bar det mesta men ett par lätta kassar ville Marie ta. Hon såg att han köpt en hel del onyttigt men som han visste att hon gillade. Det var bland annat chips med olivsmak och ett kilo lösgodis med bara hennes favoriter. Det vattnades i munnen på henne och hon hoppades att han även tänkte fixa lite cider. Inte sånt kattpiss som de sålde i matvaruaffärerna, utan riktig rekorderlig cider med en massa alkohol i.

När de med gemensamma krafter fått allt på plats som var inhandlat, sade Markus att han köpt lite gott fikabröd till kaffet. Marie var först orolig att det var för hårt för hennes tänder, men det visade sig vara lättuggade färska knyten med äppelmos i. Medan de satt och smaskade i sig sken solen in genom köksfönstret. Den orkade inte så långt upp på himmelen så här års, men likväl såg Marie att det var ostädat i lägenheten och att fönstren behövde putsas. På samma gång kände hon sig fortfarande lite klen och hon hade märkt att hon blev matt av att hjälpa till med att bära in matkassarna. För att slippa se eländet föreslog hon att de skulle åka ut en bit från staden och promenera en liten sväng. Det var skönt att komma hem, men samtidigt ville hon komma ut i friska luften.

Markus var med på noterna och tyckte att det var en bra idè. När de nästan hade fikat färdigt frågade han, om hon nu när det gått några dagar kom ihåg mer om förövarna. -Intressant att du tar upp det, svarade Marie. Jag har tänkt på att när de ryckte in mig i skåpbilen så hade de ju ingen maskering för ansiktet. Jag vet att jag såg ansiktet tydligt på åtminstone en av dem, och honom skulle jag definitivt känna igen, sade Marie. Det var något speciellt med mannens ögon, tillade hon medan Markus lyssnade spänt. Han sade att de fick se om hon orkade åka med en sväng till polisstationen efter att de varit hos tandläkaren morgonen därpå. Då kanske de kunde kontrollera om hon kände igen mannen på bilder de hade av personer som ägnat sig åt kidnappning tidigare. Om inte annat vore det säkert en god idè att försöka skapa en fantombild med hjälp av vad Marie kom ihåg. Visst, svarade Marie, men som du sade själv så får vi se vad jag orkar med då. Just nu vill jag komma ut från staden så snart som möjligt, sade hon medan hon drack upp det sista i sin kaffemugg och reste sig. Markus nickade instämmande och ställde in muggarna i diskmaskinen. Han kände efter så att bilnycklarna låg kvar i sin högra byxficka innan de stängde ytterdörren och låste. Markus var trött på sin Volvo V70 från -07, mest för att det var en T5:a som älskade bensin, i synnerhet i stadstrafik. När allt lugnade sig lite tänkte han gå efter en annan bil på samma sätt som han hjälpt sin bortgångne vän Kristoffer. Markus visste inte riktigt vad det var för bil han egentligen ville ha, det fick han se. Det viktigaste var att han blev av med den nuvarande, där bränslemätaren ideligen snabbt hamnade under kvarts tank.

Markus körde ett par mil västerut från Stockholm så att de kom utanför tätorten. Han tänkte att de kunde åka till en badplats där han varit förr några gånger.

Marie hade också hängt med dit en gång och gillade platsen. Inte för att de hade några planer på att bada, utan för att det var ett rofyllt ställe och så här efter badsäsongen säkert helt folktomt.

När de närmade sig såg de att hösten hade gjort sitt intåg, massor av löv hade skiftat färg och en del av dem hade redan fallit till marken. Markus tyckte att det var en ganska vemodig period på året då allting blev mycket mera tungrott. -Det blir bara mörkare och kyligare för var dag som går, sade han som förklaring och suckade. Marie såg däremot tiden som något positivt. Snart kunde de plocka fram skidorna och åka till fjällen eller ännu hellre Alperna, sade hon och log.

Precis när Markus svängde in till parkeringen vid badplatsen ljöd en signal i bilen och en orangefärgad lampa tändes på instrumentpanelen. Bränsletanken var nu nere på reserven, så de var tvungna att tanka på hemvägen för att inte få soppatorsk.

Kapitel 17

När Ali kom ut med en tygkasse full med mat och dryck, hade Assar redan tagit av sig på överkroppen och var i färd att ta på sig en av polismännens uniformer. Ali frågade inte ens, han förstod att han skulle göra likadant för att de sedan skulle kunna sno polisbilen och köra därifrån. -Vad gör vi med gubben då? undrade Ali när de var ombytta båda två. -Vi tar ett par buntband som jag såg inne i hallen förut och sätter fast honom i hans TV-fåtölj. Han behöver bara sitta där drygt en timme, sedan kommer visst hemtjänsten med kålpudding till honom, berättade han nyss för mig.

Medan Ali hånlog åt poliserna som stod i kalsongerna och blev myggbitna, ledde Assar in mannen till fåtöljen.

Sina egna smutsiga kläder lade de ner i en bag som de hittat inne i huset och slängde in den i baksätet på polisbilen. När de åkte därifrån såg de att en av poliserna stod och spottade åt dem, vilket ju var ganska förståeligt, sade Assar som körde.

-Ha, nog var jag beredd på att en dag få åka polisbil här i livet, men aldrig trodde jag väl att jag skulle få köra! sade Assar nöjt. Ali hummade tillbaka som svar, han var fullt upptagen med att sätta på sin mobiltelefon igen. Han hade bara tjugo procent kvar av batteriet, så han skyndade sig att läsa vad Mohammed skrivit om landsmannen som de kunde kontakta om de behövde någonstans att bo. Under tiden han berättade för Assar om lägenheten, stängde han av sin telefon igen för att spara på batteriet.

Assar tyckte att det vore en bra lösning om de kunde hyra in sig anonymt hos landsmannen tills de hittat något annat. De siktade på att jobba ihop lite startkapital hos sin farbror Rafael i Enköping innan de tänkte dra igång något eget. - Får se vad gubben bjuder på för käk, sade Assar som var utsvulten. Ali började med att ta fram varsin liter mjölk och några bananer. Efter det blev det skogaholmslimpa med mjukost som Ali bredde på med en smörkniv som redan satt i paketet.

Assar märkte tydligt hur laglydigt folk omkring honom körde när de mötte dem i polisbilen. Han skrattade åt dem när han såg dem ta på sig bältet och släppa sin mobiltelefon bara för att de var sådana ögontjänare. Ali föreslog att de skulle parkera polisbilen lite diskret när de kom in till Stockholm och sedan gå och köpa varsin träningsoverall för att ha något rent att ta på sig. Sedan skulle det sitta hur skönt som helst att söka upp ett badhus med bastu och göra sig riktigt rena innan de tog på sig dem. Assar tyckte att det var en god idè och föreslog att de skulle behålla polisuniformerna. De kunde vara bra att ha framöver någon gång, sade han och skrattade.

När Scott kom hem till lunch hade Louise tänkt färdigt hur hon ville ha bakgrunden till glasskylten och gjort en beställning hos en fotofirma på nätet. Under tiden hon höll på hade hon lyssnat på väderprognosen de kommande fem dagarna, och det lovades fint väder.

Hon kände att hon gärna ville ut och segla minst en gång till innan säsongen var slut, men samtidigt visste hon inte säkert om hon skulle klara av det. Där kulan gått in och ut sträckte och spände det obehagligt en del vid vissa rörelser. På sjukhuset hade de sagt att det var fullt normalt, men hon gick hela tiden och var orolig för när det skulle göra ont nästa gång. Det var då hon kom på tanken, att kanske Maria och Henrik ville hänga med och sova över i segelbåten till helgen. Då kunde de hjälpa till om det behövdes. De hade visserligen sagt att Scott och hon kunde komma till Nyköping, men det kanske gick att ta lite längre fram.

När Louise kom med förslaget till Scott, sade han att han faktiskt tänkt på samma sak när han cyklade från jobbet. Han lovade att ringa brorsan när de ätit färdigt, så fick Maria och han pratas vid om det.

Medan Markus gick ut på bryggan en bit för att känna om det var kallt i vattnet, fick Marie ett textmeddelande från Jonas fästmö, Alice. Det stod att Jonas berättat för henne att Marie var hemkommen från sjukhuset. Alice skrev vidare, att hon tyckte att de kunde träffas. Själv var hon sjukskriven efter att ha gått i väggen på sitt jobb som psykolog. Marie tänkte att det kanske vore en bra idè, de kände varandra väl efter att ha förlovat sig samtidigt i Eiffeltornet några veckor tidigare. Marie visste inte säkert vad det var för skillnad på en kurator och psykolog, men hur som helst så kände hon sig mycket mer bekväm med att samtala med Alice än någon helt utomstående.

Markus sade att det var värt ett försök med Alice, förhoppningsvis var det precis det som Marie behövde. Han hoppades på ett sätt att Marie till och med kunde bo hos Alice och Jonas ett tag. På så sätt kunde han jobba utan att Marie var ensam hemma. Markus hatade att kidnappningsfallet kört fast och snart riskerade att läggas ner. Vore han själv på fältet, skulle han pressa vissa personer som kanske satt inne med information om vem som hållit hans fästmö fången. Han hade tänkt klämma åt dem så pass hårt, att de skulle önska att de aldrig någonsin fötts.

De gick vidare på en liten stig längs sjökanten och Marie passade på att ta en del kort. Hon tänkte föra över dem till deras laptop när de kom hem. Sedan kunde hon titta på dem för att skingra tankarna lite när det behövdes, tänkte hon.

När Markus startade bilen ljöd tonen igen att det var dags att tanka. Han visste ett ställe på väg in mot staden inom ett par mil som skulle passa bra. Då kunde han även passa på att köra bilen i en snabbtvätt, vilket skulle behövas.

Det var en riktigt lång avfartssträcka där de skulle av till macken och farten var inte speciellt hög. Trafikanterna som skulle vidare in mot Stockholm passerade bara med lite högre hastighet än vad Markus själv kunde hålla. Till vänster om sig såg han en polisbil och instinktivt tittade han in i den för att se om det var några han kände igen från sin avdelning, men så var inte fallet. Markus hajade till av att Marie skrek till honom att han måste stanna omedelbart, för hon var tvungen att kräkas.

Han tyckte inte att han kunde stanna så länge de var kvar på avfartssträckan, så han körde vidare.

-Stanna då, för helvete annars spyr jag i bilen! vrålade Marie.

Markus gjorde en tvär gir och bromsade för att slippa få bilen nerspydd, samtidigt som bakomvarande tutade ilsket och förmodligen undrade vad han höll på med.

Innan han hunnit stanna bilen helt, öppnade Marie dörren och började kräkas. När Markus själv kommit ur bilen och rusat över till passagerarsidan hade Marie redan ställt sig i diket på alla fyra och hulkade. När han kom närmare henne upptäckte han att hon hyperventilerade och grät för fullt på samma gång.

-Vad är det med dig, vad ska jag göra? skrek Markus med panikslagen röst.

Marie svarade att hon knappt fick luft.

-Ska jag ringa efter en ambulans? frågade Markus inte fullt så högt som tidigare men fortfarande med ängslig stämma.

-Vänta lite, det börjar gå lättare nu, svarade Marie och försökte koncentrera sig på att ta lite längre och djupare andetag.

Plötsligt spände Marie ögonen i Markus och han undrade vad det var.

-Jag såg en av kidnapparna, han var polis och satt i polisbilen som passerade till vänster om oss när du svängt in på avfarten! Vad är det för idioter ni har på det där stället egentligen? Jag mötte hans blick under ett par sekunder och jag är säker på att det var han! Och snutjäveln hånlog åt mig! skrek Marie desperat.

Markus trodde knappt sina öron. Var det någon inom kåren som nästan haft ihjäl hans fästmö, tänkte han. Visserligen hade han gjort många förbannade i sin omgivning, men inte så att det motsvarade ett sådant här tillgrepp och framförallt inte av poliser!

Markus ringde sin piketchef och berättade att Marie sett en av kidnapparna i uniform i en polisbil som legat jämsides ett tag. Piketchefen frågade om tre gånger innan det tycktes som om han tagit in vad Markus berättat.

Markus piketchef tänkte en stund under tystnad. I första hand att Marie kanske sett rätt och han funderade på vad det skulle få för konsekvenser. Som alternativ två var det något som hon inbillat sig för att hon förmodligen inte återhämtat sig efter händelsen i torpet.

Till slut bad han Markus och Marie komma in till stationen så snart de kunde. Då skulle hon få se bilder på alla poliser som fanns i distriktet. Samma kort som tagits till allas polis-ID, fanns i en mapp på datorn hos piketchefen. Det kändes meningslöst att starta en biljakt efter polisbilen när de inte var hundra procentigt säkra ännu, tänkte piketchefen innan han lade på.

Markus hjälpte in Marie i deras bil igen och frågade om hon orkade åka till polisstationen för att se om hon kunde peka ut mannen hon sett.

-Det ska vi göra så att ni kan sätta dit dem på en gång! svarade Marie vars sinnestillstånd nu hade gått över till ilska och hämndlystenhet.

Ali sade till Assar som körde, att han tyckte sig ha sett kvinnan de hållit fången på avfartssträckan. Assar undrade om hon känt igen honom.

-Inte omöjligt, det var som om hennes blick fastnade på mig när vi passerade. Kan vara läge att raka av sig allt skägg från och med idag, svarade Ali.

-Låter som en bra idè, tyckte Assar som genast kände sig lite jäktad med att göra sig av med polisbilen och få av sig uniformen. När han tittade på klockan såg han att den hade passerat ett. Förmodligen hade gubben fått sin leverans av kålpudding nu och därmed så var de trädkramande poliserna snart talföra.

Ali passade på att känna efter i fickorna på uniformerna om det fanns något av värde i dem. Till slut hade han hittat två plånböcker med sammanlagt artonhundra kronor, polis-ID och ett par nyckeldyrkar. När de parkerat knappt en kilometer från Centralbadet, gick de raskt därifrån med allt de tagit.

På väg till badhuset såg de en sportaffär där Ali gick in och köpte två overaller, ett par t-shirts, strumpor och varsitt par tygskor. När han nästan var ute igen kom han på att ett par kepsar också vore bra att ha och gick tillbaka och betalade för dem med. På samma gata som Centralbadet låg, fanns en Pressbyrå där de köpte två nya kontantkort till sina telefoner. Medan Assar betalade för dem i kassan, skickade Ali iväg ett textmeddelande till deras landsman. Där skrev han att de var i desperat behov av någonstans att bo. Om han hade något åt dem fick han gärna skicka tillbaka ett sms där han skrev adressen i så fall.

När Henrik pratat med Maria efter jobbet om en segeltur i skärgården till helgen, ringde han Scott. Han svarade med ett mummel för han hade munnen full av havregrynsgröt som de åt till kvällsmat. Henrik berättade att Maria och han tyckte att det skulle vara jättekul att komma ut på sjön. Henrik hade seglat med Scott i några veckor under sommaren, men för Maria skulle det bli premiär, hon hade nämligen aldrig satt sin fot i en segelbåt. Scott föreslog att de kunde försöka komma upp till Stockholm på fredagen efter arbetet, så fick de se när de ville ge sig iväg på lördagen. Om det skulle vara lönt vore det bäst senast vid åttatiden, men det behövde de inte bestämma nu. I bakgrunden hörde Scott att Maria undrade om de skulle ta med mat till helgtrippen. Till svar fick Henrik, att om de ville kanske de kunde stå för något till fredagskvällen, resten vet jag att Louise köper med från sitt jobb.

På anstalten fick Mohammed hålla sig nära vakterna så ofta som möjligt för att inte få för mycket stryk. I smyg tog han reda på så mycket han kunde om de som var värst mot honom. Någon gång i framtiden ska de få stå till svars för sina handlingar, tänkte han. Efter ett par dagar kom hans fru på besök och undrade om han behövde något. Mohammed kom inte på vad det skulle kunna vara, det fanns tidningar och de hade varsin dator med fritt internet. De fick dock vara beredda på att plitarna kontrollerade vad de var ute på för sidor på nätet. Det var vad de hotat med när han kom dit i alla fall. Mohammed hade hört att de inte hade laglig rätt till det, så han visste inte riktigt säkert hur det var med den saken.

Precis när Ali låst skåpet i omklädningsrummet hörde han att det kom ett textmeddelande. Han öppnade igen och såg att landsmannen hade svarat. Där stod kort och gott en adress, klockan nitton, och att de var välkomna. Fint att det löser sig, tänkte Ali. Assar passade på att ringa farbrodern Rafael och berätta att de kunde komma redan imorgon och börja jobba åt honom.

Sedan gick de och duschade och badade bastu. Båda njöt av att få bli riktigt uppvärmda efter att ha frusit i nästan en vecka.

Några timmar senare när de kom ut från Centralbadet, var de hungriga igen. En restaurang där de serverade kinesisk buffé rådde bot på det problemet, innan de tog bussen till adressen där landsmannen skulle möta upp.

På polisstationen fick Marie titta på bilder av alla poliser som var anställda i det egna och även de närliggande distrikten. Hon sade att det inte var någon av dem och Markus började skämmas för att alla omkring skulle tro att han var tillsammans med en idiot.

Plötsligt ringde det på piketchefens telefon. Han hade innan Markus och Marie kom till stationen kontrollerat med ledningscentralen, om det möjligtvis var någon polisbil stulen. Då hade han bara efter ett par sekunder fått till svar att så inte var fallet. Men alldeles nyss hade det kommit in uppgifter på att två poliser, endast iförda kalsonger, satt fast runt ett träd med sina handbojor. Detta var tydligen nästan åtta mil väster om Stockholm, och de hade tydligen även blivit av med sin polisbil.

Eftersom Marie inte tyckte att något foto av de anställda stämde överens med de uniformerade hon sett i polisbilen, gick de över till att se om det fanns någon i förbrytarregistren som hon kände igen. Hon var tämligen säker på att han inte var avbildad där heller, sade hon när hon fått se samtliga. Återstod att göra en fantombild vliket tog lång tid innan Marie var helt nöjd. Under tiden hon och en polis höll på med det, ringde Markus till piketchef Granlund och undrade om han var i närheten. Han var på väg in till stationen och lovade att komma in om en kvart. Markus drog sig till minnes, att Granlund ju måste ha sett männen som kom körande till torpet. Det rörde sig troligtvis inte mer än om någon skymt av dem, innan de plötsligt backade därifrån och samtidigt avlossade två skott mot piketbussen. Men Markus tyckte att det var värt ett försök, att låta Granlund titta på fantombilden och se om den överensstämde.

När piketchefen kom in och tittade på det som föreställde gärningsmannen, tyckte han att det var ganska likt. Det enda som skilde markant var att allt under ögonen och näsan var rejält hårbevuxet. Granlund bad om att få se ansiktet utan det, och några knapptryck senare på datorn så fick han se det istället. Trots att han bara hunnit se mannen som hastigast innan han själv tog skydd bakom en grindstolpe, var han helt överens med Marie om hur gärningsmannen i mercan sett ut. Med datorns hjälp gjorde de en nationell sökning i brottsregistren, men fick inte upp någon som verkade stämma. När de kontrollerat i pass, ID och körkortsregister också utan matchning, verkade det sannolikt att gärningsmannen var på semester i Sverige eller en illegal invandrare.

Kapitel 18

Torsdagen den åttonde september, hade det hunnit bli, och polismästare Östen Karlsson hällde upp en stor kopp kaffe. Han skulle precis gå och sätta sig när han hörde att han fick ett textmeddelande. När Östen fått fram sina glasögon och började läsa, såg han att det var från Louise. Hon tackade för inbjudan och skrev att det passade vilken dag som helst kommande vecka, gärna efter klockan arton så att de hann hem en sväng emellan. Då säger vi på onsdag, halvåtta hos mig, så ska jag ha maten färdig, skrev Östen.

Rafael ringde på morgonen och erbjöd sig att skicka en bil för att hämta dem där de sovit över den gångna natten. Han sade att han kunde ordna med någonstans att bo i Enköping, för att undvika för mycket resande för dem. Assar svarade att de var tacksamma för erjudandet och undrade när de skulle vara färdiga.
-Jag har några bekanta som levererar varor till Stockholm nu, de kan plocka med er tillbaka hit om en halvtimme, sade Rafael.
-Passar fint, vi går ner till Hemköps parkeringsplats, så kan de plocka upp oss där, svarade Assar.
När bilen kom visade det sig att Ali och Assar kände igen de två som satt i. De hade träffats tidigare på en fest för inte så länge sedan. Efter några minuters samtal kom det även fram att de var släkt med varandra.

Louise undrade förfärat hur hon skulle känna sig i slutet på graviditeten. Hon hade inte ens kommit halvvägs och kände sig redan som en gammal tant. Det hade ju dock sina fördelar också, för nu gjorde Scott de tråkiga sysslorna som att städa, diska och tvätta för att hon inte skulle anstränga sig i onödan.

Plötsligt fick hon ett sms som hon började läsa. Det var en avisering från Postnord om att bilden fanns att hämta på Ica i närheten. Louise såg på klockan att hon hann dit före lunch och tog Henrik med sig för att gå och hämta paketet. När hon löst ut det gick hon en liten promenad i parken. Hon hoppades att vädret blev som meteorologerna förutspått, för då kunde de grilla ute på någon ö till helgen med Maria och Henrik.

När Scott kom hem hade Louise gjort raggmunk och stekt fläsk. Han hade känt den underbara doften redan i trapphuset och hoppades att det var från deras lägenhet. Louise berättade att de var bjudna till polismästare Östen Karlsson på middag kommande onsdag vid halvåtta. Hon sade att hon inte visste riktigt vad hon skulle ha för kläder på sig då, om hon behövde vara snyggklädd hade hon inte något som passade i storlek längre. Scott undrade om det inte var läge att dra på sig något från resan, även om det börjar bli kyligt ute på kvällarna så får vi väl hoppas att Östen har värme i kåken där han bor, sade Scott. Louise visste att Scott tyckte att hon redan hade massor med kläder och skor och att hon därför inte behövde köpa något. Hon tvekade lite en stund om hon skulle fråga en sak. Det var om han tyckte att hon verkligen inte var värd lite nya kläder, men hejdade sig. Innerst inne visste hon att han hade rätt.

När de tog sällskap ut från lägenheten för att ta sig till sina jobb, sade Scott att han tänkte ta med Henrik till deras båt efter att han slutat arbeta. Han ville ner och kontrollera så att allt var okej och passa på att se om den nya stävstegen var på plats. Scott berättade också att det behövdes fyllas på lysfotogen till värmaren, som han skulle köpa med från en Preemstation på vägen. Louise undrade om Scott kunde be Henrik och Maria att ta med sig sina sovsäckar för det skulle underlätta en hel del. Ordnar det direkt sade Scott och skickade ett sms till Henrik medan han låste upp sin cykel. Eftermiddagen flöt på som vanligt på Bussvård syd. Vid eftermiddagsfikat informerade förmannen Niklas Ohlsson om att det var en centralisering på gång inom företaget. Från att ha haft fyra anläggningar i drift i Stockholmsregionen, skulle det snart bli bara en. Det borde dock inte beröra arbetarna på deras anläggning direkt, för det var den som skulle byggas ut. Alla på Bussvård syd fick fortsatt anställning, däremot från övriga platser var det aktuellt att några fick gå. Man hoppades att man skulle få en del att tacka ja till att gå i pension lite tidigare, men var det för få kunde det bli tal om avsked för vissa.

Det hände att Scott gick emot med sin nyligen brutna fot, men det gjorde som väl var inte lika ont längre. Det som var lite tråkigt var att skolorna nyligen börjat höstterminen och därmed blev klotter och vandalisering vanligare. Dels skars säten sönder med kniv, men även nackskydden var tydligen roliga att förstöra. De var gjorda i hårt gummi, men gick med lagom mycket våld ta sönder i småbitar som sedan slängdes på övriga resenärer i bussen.

Henrik trivdes med att springa bredvid Scott när han cyklade, om det inte gick för fort. När de kom ner till segelbåten var klockan redan halvsex och solen stod ganska lågt. Scott funderade och undrade vart den här sommaren hade tagit vägen. Han blev lite moloken när han tänkte på hur många månader det skulle dröja till våren och nästa båtsäsong. Medan han fyllde på tanken till värmaren gick Henrik in och lade sig i förpiken. Förmodligen trodde han att de skulle sova över i båten för Scott fick ropa flera gånger på honom för att han skulle komma, så de kunde bege sig hemåt igen. På TV-nyheterna klockan nitton var det som vanligt bara en massa snack om det kommande presidentvalet i USA, så Scott stängde av.

Istället letade han reda på receptet till scones i kokboken och kontrollerade så att de hade alla ingredienser hemma. Han visste att Louise gärna åt något när hon kom från snabbköpet på kvällen och det här var något som de inte ätit på ett tag. Det dröjde en stund innan hon slutade så Scott tittade igenom DN en gång till och kontrollerade vad som kommit med posten.

Det var bland annat ett brev där det stod att det var dags för besiktning av deras lilla Nissan Micra. Scott önskade att de haft mer pengar så de kunde bytt bort den till en nyare, större och säkrare bil. Inte minst med tanke på att de snart skulle bli en till i familjen. Men han visste att det var omöjligt än så länge, och förmodligen blev det mer utgifter när de fick barn, så bilbytet fick skjutas på framtiden, tänkte Scott och suckade.

Louise blev glad åt att få varma scones med ost och hallonsylt när hon kom hem. De drack thè och tittade lite på TV samtidigt. Hon tyckte det var skönt att varva ner lite efter jobbet och kunde inte gå och lägga sig för att sova direkt. Därför ville hon gärna småprata lite och fika när hon kom hem. Louise undrade om Henrik och Maria hade hört av sig om käk och sovsäckar, vilket Scott svarade att de hade gjort. Till fredagskvällen tänkte Maria ta med en laxsallad som hon nyligen hittat recept på i någon mattidning. Sovsäckar hade de kvar i en garderob, som de egentligen köpt till sina tvillingbarn för några år sedan. När de flyttat hemifrån hade de blivit kvar i huset och det passade ju bra nu, för några egna hade de tydligen inte. När de gått och lagt sig efter fikat hade båda svårt att somna. Det slutade med att de älskade med varandra. Henrik fick som vanligt vara utanför den stängda sovrumsdörren vid de här tillfällena. Detta berodde på att varken Scott eller Louise gillade att ha publik.

På fredagsmorgonen började båda sina arbeten klockan sju. På Louises jobb var det lite struligt i början, en gammal tant kom och påstod att hon inte fått tillräckligt med pengar tillbaka när hon handlat senast. Hon hade kvittot med sig och det verkade som om hon hade rätt. Det var bara det att hon var inte nöjd för det, hon ville dessutom ha kompensation för att hon fick ödsla tid på att gå tillbaka till affären på sin fritid. Det slutade med att Louises chef fick komma ut till henne och prata. Han erbjöd tjugo kronor extra tillbaka, men hon var inte nöjd ändå. Tanten lovade att aldrig mer handla i deras butik.

Marie kände återigen buntbanden skära in i handlederna och runt sina smalben. Hon kunde inte se något i rummet, om det berodde på att det var kolsvart eller om de satt en ögonbindel på henne, var hon för omtumlad för att kunna avgöra. Blodsmaken i munnen var vidrig. Försiktigt kände hon efter med sin svullna och bedövade tunga i munnen. Till sin stora förskräckelse och fasa märkte hon att det inte fanns en enda jävla tand som satt kvar. När hon kände efter lite mer noggrant, insåg hon att de utslagna tänderna inte fanns kvar i munhålan! Antingen hade hon omedvetet spottat ut dem, eller också hade hon svalt dem! Marie tyckte sig se ansiktet vagt på den som plågade henne. Det var samma förbannade plyte som kidnappat henne tidigare. Tydligen var de inte nöjda med misshandeln, utan var inne på att den behövde kompletteras med ytterligare förnedranden och smärta. När hon försökte röra sig gick det inte. Kanske hade de innan hon svimmat sparkat av varenda ben på henne. Marie kunde inte hur mycket hon än försökte begripa varför någon ville utsätta henne för detta. Vem hade hon gjort så ont att hon förtjänade det här? Varför räckte det inte med första omgången, var det verkligen nödvändigt att ge sig på henne en gång till? En sak var hon helt klart införstådd med. Det var att den här gången var hon helt nedbruten och skulle aldrig orka kämpa sig tillbaka till friheten igen. Marie tyckte sig känna hur hennes puls saktade in och blev svagare för varje sekund som gick. Hon märkte att hon blev alldeles våt om kinden, men kunde inte avgöra om det var hennes tårar eller om det var blod från hennes sargade och sönderslagna ansikte som sipprade ur såren.

Markus låg i soffan och sov, omväxlande mellan tungt och oroligt. Dels berodde det på att fotbollen han sett på TV:n var allt annat än underhållande på grund av ett domar-as som blåste av matchen så fort han andades ut. En annan bidragande orsak var att han hade druckit över en halvliter whiskey för att dränka sina bekymmer. I sina drömmar försökte han lösa alla uppkomna problem, men det värsta var att det hela tiden dök upp nya. En sak som återkom var ljudet av Anders Svenssons skalle som krossades av hans batong. Även Anders förskräckta ögon som tittade in i hans egna förföljde honom. Precis när han själv tagit sats med sin högerarm för att slå det hårdaste slaget med sin batong som han någonsin utdelat, hade Anders tittat på honom med en vädjande blick. Det var tydligen det enda som fungerade i hans kropp efter det fruktansvärda slaget i nacken, som Jonas hade utdelat. Troligtvis var allt annat förlamat för evigt. Markus insåg att det här minnet skulle han få leva med. Det var något som han aldrig skulle kunna förtränga eller glömma, hur mycket han än försökte. Att dricka sig stupfull hjälpte bra för stunden, men ett tag efter kom verkligheten ifatt igen och då blev den så påtaglig och påträngande att han inte visste någon utväg. Det enda som hjälpte då var mer whiskey. Markus hade dock än så länge fortfarande tillräckligt med kurage för att tvinga bort tankarna. Speciellt när han måste vara hyggligt nykter och arbeta. Han visste att han aldrig skulle kunna prata med någon om det här. Markus anade att Jonas led också, men kanske inte lika jävligt. Det var ju inte Jonas som utdelat det dödande slaget, utan han själv. Ingen annan än han själv.

Henrik och Maria hade slutat lite tidigare på sina arbeten, så de kom upp till Stockholm redan runt arton. Louise jobbade morgonskiftet den här fredagen. När hon handlat med käk till segelbåtsturen, gick hon hem och plockade iordning lite. Dammsugit hade Scott gjort för ett par dagar sedan, så det fick duga. På väg hem från Bussvård syds anläggning passade Scott på att köpa med en vinbox Chapel hill från bolaget. Direkt när han fick höra att brorsan och Maria tänkte ta med laxsallad till kvällen, tänkte Scott att de borde vara vitt vin till. Han hoppades att det hann få rätt temperatur tills de skulle äta. Fast Louise inte skulle anstränga sig i onödan, så kändes det när man kom in i lägenheten att hon bakat ett ljust grekiskt matbröd med bland annat oliver och soltorkade tomater i, som komplement till det andra. Det första Maria frågade när de kom var om de hade flytvästar till alla i segelbåten, annars ville hon åka och köpa det någonstans. Scott svarade lugnande att det inte behövdes, till och med deras blodhund Henrik hade en som det dessutom var ett rejält handtag på. Ifall han ramlade i så skulle det vara lättare att få upp honom igen. Allt smakade förträffligt, och när de var färdiga tog de en promenad i parken som låg strax intill. Henrik berättade att han gått ner över tjugo kilo sedan början på juli med två enkla knep. Äta lite mindre portioner och röra sig mer. -Och en sak till förstås, mindre alkohol, sade han och såg nöjd ut. Efter en slät kopp kaffe innan läggdags satte de larmet på klockan halvsju för att komma ut lite skapligt på sjön. Vädret såg fortfarande ut att bli fint på lördagen, däremot såg söndagen ut att bli molnig, hörde de på sena nyheterna.

När de kom ner till båthamnen var det fortfarande lite kyligt i luften och det låg dagg på däck, så de fick gå ombord försiktigt för att inte halka. Scott hade sagt att det förmodligen inte satt fel att ha varma kläder med sig. För även om solen sken från en klarblå himmel så var vinden kall. I början tyckte Maria att det var otäckt när segelåten lutade.

Efter en stund slappnade hon dock av och bara njöt av att slippa lyssna på något störande motorljud.

Det enda som hördes var när båten bröt genom vågorna och att vinden tog tag i seglen.

Ali och Assar fick följa med redan nästa dag för att se vad de skulle jobba med den närmaste tiden. Arbetet gick ut på att de skulle förmedla olika droger efter de önskemål som kom. Det lades upp på så vis att de fick följa med var sin handledare på lite avstånd. När överenskommelsen var klar mellan säljare och köpare gick de fram med varorna och fick betalt. Det hade framkommit under senare tid att det fanns många fördelar med att vara två vid affärsuppgörelserna. Dels kunde en hålla kontroll så att de inte hade spaning på sig. Eller om oturen skulle vara framme, att polisen såg något misstänkt och gick fram och ingrep, så bars inga droger av den som gjorde upp affären. Ytterligare en fördel var att en alltid kunde hjälpa den andre, om det spårade ur och blev våldsamt. Han som stod en bit ifrån i början och hade drogerna på sig, var alltid beväpnad med en stilett och en liten pistol. Efterfrågan var stor och arbetsområdena flera, så det fanns goda möjligheter att jobba mycket och tjäna en hel del.

Plötsligt kom Marie på en sak som hon inte var säker på om hon redan provat.

Skrika, hon måste ju förstås prova om det gick, och kanske någon kunde höra henne.

Marie kände inte någon silvertejp över munnen när hon försökte koncentrera sig så mycket hon bara kunde.

Men fan, tänkte hon, inte ens det klarar jag av.

Vad är det som händer?

Marie tyckte inte att hon kunde tänka klart, utan allt möjligt hemskt for osammanhängande genom huvudet på henne.

Hon blev förbannad på sig själv för att inget i kroppen tycktes lyda och hon hade ingen aning om varför.

Markus! ropade hon,

medan hon spänt lyssnade på om det kommit något ljud ur hennes mun eller om det bara var en tanke hon fått, att hon kunde ropa så att det hördes.

Markus! ropade hon igen.

Den här gången var hon mer säker på att det verkligen hörts ett rop från hennes mun när hon skrek.

Marie stelnade till av skräck när hon hörde fotsteg närma sig.

Det var ingen som gick långsamt, utan det lät mer som om någon rusade åt hennes håll, för stegen kom närmare och hördes alltmer väl.

Hon kände att någon tog tag i hennes axlar och ruskade henne hårt, precis som om hon inte var närvarande.

-Marie! vad ropar du på mig för, vad är det som har hänt? skrek Markus.

Plötsligt insåg Marie att hon just väckts från den hemskaste mardröm hon någonsin haft.

Hon for runt med tungan i sin mun och kände till sin stora lättnad att inga tänder saknades.

Visst hade hon lite blodsmak i munnen, men det berodde troligtvis på att hon råkat bita sig hårt i tungan när hon drömt.

Marie provade att röra sina armar och ben och det gick!

Hon grät av lycka att allt fungerade!

Markus kramade om henne och sade att de måste få hjälp av någon utomstående som kunde sådant här. Marie låg skakande i hans armar och fick till slut fram ett stakande ja till svar.

Markus oroade sig lite för att han just förstört mattan under soffbordet som Marie köpt nyligen.

När han hört Marie skrika på honom hade han halvfull rusat upp från TV-soffan där han somnat och vält ut en whiskeyflaska som stått på bordet.

Han sade inget till Marie, för det kändes ganska oviktigt för stunden.

Markus hajade till när det ringde på hans telefon. Det kunde vara något akut som dykt upp på jobbet så han gick till vardagsrummet där mobiltelefonen låg, för att svara.

När han istället fick höra att hans farmor dött, förmodligen av en överdos med sömntabletter, var det många tankar som for genom hans huvud. Visst var det sorgligt, men på samma gång borde ju försäljning av den nästan nya husbilen och även huset påskyndas. Därmed skulle det finnas en rejäl summa att ärva inom kort. Innan samtalet avslutades fick han dock veta att hans farfar Urban hade stora skulder som han fått på nätpoker.

Eftersom det var sent på säsongen hittade de en fin vik för sig själva, inte alls så långt ut i skärgården som de varit inställda på från början. Det skymde ganska tidigt och blev svalt, men det gjorde inte så mycket för de hade varma kläder på sig och en fin brasa att mysa vid. Scott frågade Maria om hon kunde tänka sig att följa med och segla fler gånger, och det gjorde hon gärna, svarade hon. -Nästa båtsäsong har vi Jonathan att ta hand om med, har ni tänkt på det? undrade Louise. Alla insåg att det nog skulle bli lite merjobb med en liten ombord men trodde att det skulle gå att ordna.

-Vi följer gärna med ut på sjön som barnvakt! sade Henrik glatt och alla skrattade.

Söndagen blev solig den med, åtminstone ute i skärgården.

Alla njöt av att se när det glittrade i havets vågor och att allt var så fridfullt.

På eftermiddagen när de kom in i båthamnen igen, åkte Henrik och Maria direkt hem till Nyköping. Det var snart dags för en ny jobbarvecka och de hade lite att ta rätt på hemma. De tackade för en trevlig och minnesrik helg och hoppades att de skulle ses snart igen.

Scott och Louise gick en sväng i parken för att Henrik skulle få röra sig lite.

-Vi får inte glömma att vi ska hälsa på Östen på onsdag, sade Scott.

-Tror du vi ska ta med blommor eller vin? undrade Louise.

-Vi tar både och för att gardera oss, tyckte Scott och log. Har han redan vin hemma så kan han ha det till en annan gång, tillade han.

213

Det hade hunnit bli onsdagen den fjortonde september när Rafael satte sig i bilen för att åka och hälsa på sin bror Mohammed. Ali och Assar skickade hälsningar till honom, för de kunde omöjligtvis hälsa på själva för att de befann sig i Sverige utan tillstånd. Rafael hade stött på problem med ett fritagningsförsök av brodern från anstalten. Han kände att han behövde diskutera en del med Mohammed för att se hur och om de skulle genomföra det.

Marie hade fått starkare medicin utskriven som hon trots att hon var skeptisk till, visste att hon måste ta. Dessutom hade hon börjat vistas hemma hos Alice när Markus jobbade. De ansåg inte att det var lämpligt att Marie var ensam och Alice var ju utbildad psykolog, passande nog. Redan efter första dagen hade hon lyckats få Marie att tänka på ett annat sätt än tidigare, så att hon mådde bättre. Men alla var införstådda med att
det var långt kvar innan hon var helt återställd.

Jonas och Markus satt i ett för övrigt tomt omklädningsrum på gymmet och pratade med varandra.
-Jag tycker du ska skita i Scott nu, han har fått sitt straff i och med att hans gravida fru nästan dödades av Anders Svensson. Jag har fått mer fakta om vem som kidnappade Marie, det är bättre vi satsar helt på det istället, sade Jonas med bestämd röst. Får vi tid över kan vi ta i tu med personen som körde ihjäl Kristoffer med sin elbil. Den idioten har visst pratat i mobiltelefon en gång till och kört på en kärring på ett övergångsställe!

Markus satt mållös och tänkte på vad Jonas just sagt. Skulle han inte få ärva ett dugg efter sin farmor och farfar som han räknat med, så behövde han ju egentligen inte stå för vad han lovat från början, då han sagt att han skulle döda Scott, resonerade han. Med tiden hade han ju till och med haft svårt själv att se att Scott angripit hans farfar Urban. På filmen som tagits från en övervakningskamera syntes tydligt att det varit tvärtom.

Markus orkade inte riktigt för stunden fråga vem som kidnappat hans fästmö nyligen, för tillfället kände han sig fruktansvärt trött och besviken. Elbilföraren ville han klippa av armarna på, så har han väl hållt i en mobiltelefon för sista gången, men det fick också vänta ett tag. Han kände att han verkligen behövde komma bort ett tag med Marie, kanske att det skulle räcka med en skön hotellweekend, tänkte han för sig själv. Sedan när jag kommer tillbaka utvilad, då jävlar! tänkte han och log.

När Östen öppnade dörren sprang Henrik genast fram och hälsade på honom. Tydligen kom han väl ihåg att han fått pannkakor, prinskorvar, köttbullar och en leksak av Östen. Efter att de ätit en god paj berättade Östen vad han tänkt på den senaste tiden. Han visste väl om att bussvårdsanläggningarna skulle centraliseras och det var där han ville ha hjälp av honom. Scott skulle vara handledare åt de som anställdes där i fortsättningen. Det var nästan endast personer som kom från en kortare anstaltsvistelse. Östen hade förslagit att de med Scott som infiltratör, tidigt skulle kunna få reda på om det var någon som tänkte falla tillbaka på brottets bana.

Innan Scott hann säga nej till erbjudandet för att han inte såg någon anledning att göra det här gratis, sade Östen att det skulle betalas ut femtusen kronor efter skatt i månaden till honom. Scott tittade på Louise och försökte få någon ledtråd om vad hon tyckte. När han inte kunde utläsa något, frågade han Östen hur lång betänketid han hade.
-Jag vore tacksam om jag kunde få ett besked före helgen, svarade Östen.

Nästa morgon väcktes Scott återigen av det förbannade tidningsbudet som tryckte in en DN i deras brevinkast. Varenda morgon de två senaste månaderna som de varit hemma, hade han störts av att en person klampat som en flodhäst i trappan och tydligen gjorde allt för att väcka alla. Efter några minuter när han märkte att han inte kunde somna om, gick han upp och satte på lite kaffe och började titta lite bland tidningens bilannonser.
Lite senare kom både Louise och Henrik upp och gjorde honom sällskap.
De log mot varandra och Scott såg tydligt att Louises mage blivit större.

-Snart skall vi bli föräldrar, sade Louise och kysste Scott.

Efterord

Jo, Hotel Bohemia finns i verkligheten. Läget är enastående i Playa del Ingles på Gran Canaria bara ett stenkast från Atlantkusten.
Boken skrevs till stora delar alldeles i närheten, under vintern 2016 - 2017.

Du som just läst deckaren kanske har reflekterat över att det är en förhållandevis liten del av den som utspelas på hotellet. Inte ens Gran Canaria är speciellt ofta platsen för händelserna i boken.
Däremot var det säkerligen den mest minnesvärda och trevligaste perioden för paret Scott under 2016.
Därav bokens titel; SCOTT PÅ HOTEL BOHEMIA!

Kanske du undrar om det kommer en fortsättning. Och javisst, så är planerna i alla fall...

Besök gärna min hemsida;
forfattarematsgustafsson.wordpress.com